Dino

Der Siebte Turm™

Jenseits der Grenze

Garth Nix

Ins Deutsche übertragen von Dominik Kuhn

Dino

Für das Team des „Siebten Turms“: Alle bei Scholastic und Lucasfilm, die so engagiert an der Veröffentlichung der Bücher gearbeitet haben und daran, sie zu den Lesern zu bringen.

Die Deutsche Bibliothek – CIP-Einheitsaufnahme
Ein Titeldatensatz für diese Publikation ist bei der Deutschen Bibliothek erhältlich.

Dieses Buch wurde auf chlorfreiem, umweltfreundlich hergestelltem Papier gedruckt.

In neuer Rechtschreibung.

Deutsche Ausgabe 2002 by Dino entertainment AG,
Rotebühlstraße 87, 70178 Stuttgart

Titel der amerikanischen Originalausgabe: „The Seventh Tower – Book 4: Above the Veil“

Übersetzung: Dominik Kuhn
Redaktion: Jo Löffler, Mathias Ulinski, Holger Wiest
Chefredaktion: Anne Berling
Umschlaggestaltung: TAB Werbung GmbH, Stuttgart,
Cover Art by Rene Borst
Satz: Greiner & Reichel, Köln
Druck: Ebner, Ulm
ISBN: 3-89748-405-6
Printed in Germany
Dino entertainment AG im Internet: www.dinoAG.de
Der Siebte Turm im Internet: www.theseventhtower.com

KAPITEL EINS

Die Erwählten begaben sich nur selten hinunter in die Ebenen des Schlosses, in denen das Untervolk lebte. Solange ihre Diener gehorsam arbeiteten, konnte man sie ignorieren. Vor langer Zeit hatte es unter den Erwählten einmal Aufseher gegeben, die regelmäßig alle sieben Ebenen des Untervolkes im Schloss kontrollierten – sogar die seltsamen Kammern und Werkstätten unter der untersten Ebene. Doch während der letzten hundert Jahre war nur hin und wieder ein erwachsener Erwählter aufgetaucht – oder ein paar Kinder, die auf Erkundungstrips gingen.

Das alles veränderte sich innerhalb eines einzigen Augenblicks. Ohne Vorwarnung strömten Scharen von Erwählten in die siebte – und unterste – Ebene des Untervolks. Die meisten von ihnen trugen die goldenen, mit Sonnensteinen besetzen Brustpanzer der Imperialen Garde und hielten blanke Schwerter in den Händen.

Ihre Schreie erfüllten die Luft, als sie die Türen aufstießen und die Korridore entlang liefen. Ihre Geistschatten waberten über alle Wände und den Boden. Sonnensteine blitzten hell auf und leuchteten in sämtliche dunkle Ecken und mögliche Verstecke. Wann immer sich etwas bewegte, folgten auf das Licht die sengenden Strahlen der Entflammung, die Höhlenschaben, Ratten und alles andere verbrannten, was vor der intensiven Suche floh.

Die Untervölkler blieben wie versteinert stehen, während die Suchtrupps der Erwählten ihre Arbeitsräume und Höhlen durchstöberten. Das Untervolk wusste, dass Stehenbleiben das Beste war, was sie tun konnten. Aber nicht alle von ihnen waren sich der Gefahr bewusst. Manche blieben nicht schnell genug stehen, um sich zu identifizieren. Eine alte taube Frau hörte die Aufforderung stehen zu bleiben nicht, als sie durch einen schwach erleuchteten Korridor humpelte. Der Wachmann rief kein zweites Mal, sondern feuerte einen Roten Strahl der Zerstörung aus seinem Sonnenstein auf sie ab.

Als die Wachen feststellten, dass sie eine alte Frau getötet hatten und nicht einen der Flüchtigen, die sie suchten, gab es keinerlei Entschuldigung oder Erklärung. Die Gardisten liefen einfach davon, ihre Geistschatten mit den nadeldünnen Taillen im Gefolge. Die Leiche würde vom Untervolk weggeräumt – so wie alles, was die Erwählten zerstörten oder fallen ließen.

In dem Raum, in dem die sechsundfünfzig Ebenen hohe Wäscherutsche endete, saß der Erwählte, der für diese beispiellose Durchsuchungsaktion verantwortlich war, ruhig auf einem Stapel Wäschesäcke und aß getrocknete Shrimps aus einer Tasche in seinem Ärmel.

Auf den ersten Blick wirkte er wie ein normaler Erwählter. Seine Sonnensteine und sein leuchtender Stab wiesen ihn als Hellblender und als Hilfs-Lumenor des Orange-Ordens aus. Und als Schattenmeister der Imperatorin. Er hatte ein plumpes, fettes Gesicht und einen schmalen, bösen Mund. Ansonsten unterschied er sich nicht von den anderen Erwählten.

Sein Geistschatten hingegen war auffälliger. Ein Ding mit Stacheln und scharfen Kanten, größer als ein Mensch. Auf dem Kopf hatte es zwei Hörner und neben einem Mund voller Reißzähne hatte es vier Oberarme, von denen jeder in mehreren Klauen mit Widerhaken endete. Er stand aufrecht auf zwei Beinen, die etwas weniger Klauen hatten, und ging hinter dem Sitzplatz seines Meisters – den Wäschesäcken – auf und ab. Im Licht der vielen Sonnensteine sah er beinahe aus, als bestünde er nicht aus Schatten, sondern aus festem, tiefschwarzem Fleisch.

Der fette, Shrimp-essende Mann war kein normaler Erwählter. Er gab den Wachen, die da kamen und gingen, Anweisungen. Sie alle waren Erwählte aus den höheren Orden und Rängen: vom Blauen Orden, vom Violetten Orden und vom Indigo Orden. Doch sie alle verneigten sich vor diesem Erwählten des Orange-Ordens und sandten ihm einen respektvollen Blitz aus ihrem Sonnenstein.

Die meisten verbeugten sich so tief, dass sie die klaffende Wunde in seiner Brust nicht sehen mussten. Es war ein grausiges, etwa faustgroßes Loch, durch das man hindurchsehen konnte. Das Loch blutete nicht und der Erwählte schien keinerlei Notiz davon zu nehmen, obwohl das Merwin-Horn-Schwert, das so leicht in die Knochen und das Fleisch eingedrungen war, erst vor weniger als einer Stunde herausgezogen worden war.

Das Schwert lag jetzt zu seinen Füßen und leuchtete schwach. Es klebte keinerlei Blut daran.

Schattenmeister Sushin lehnte sich etwas tiefer in seinen provisorischen Sitz und aß die restlichen Shrimps auf. Dann rieb er seine Hände an einer gelben Robe ab, die aus einem der Wäschesäcke hing. Er sah zu der Gardistin auf, die gerade herein kam – ein Schattenlord von den Violetten.

„Wir haben sie verloren", sagte die Wächterin mit gebeugtem Kopf, „sie sind in einem Wald aus Belish-Wurzeln verschwunden. Wir durchkämmen die Wurzeln, haben aber keine Spur von ihnen."

Ihr Geistschatten schrumpfte zusammen, während seine Meisterin sprach. Er verschwand beinahe vollständig hinter ihr, obwohl seine Schultern um mindestens eine Spanne breiter waren als die eines jeden Menschen.

Sushin runzelte die Stirn. „Sucht weiter, Ethar", sagte er. „Vergewissert Euch, dass das Untervolk begreift, dass sie jede Spur von den Flüchtigen zu melden haben. Ich gehe nun wieder nach oben um, … mich um andere Dinge zu kümmern. Denkt daran: Ich will sie beide tot sehen. Und die Leichen mitsamt der Kleider müssen verbrannt werden. Ihre beiden Sonnensteine bringt ihr zu mir zurück. Das ist das Wichtigste. Wir dürfen auf keinen Fall riskieren, ihre Sonnensteine zu verlieren."

Ethar sah auf, geradewegs auf das Loch in Sushins Brustkorb. Sie wollte etwas sagen, doch Sushin hielt sie davon ab. Er hob seine Hand und zeigte ihr einen besonders großen und schillernden Sonnenstein, der in reinstem Violett leuchtete und das Licht der anderen Steine an Sushins Ringen überstrahlte.

„Stellt Ihr meine Befehle in Frage, Schattenlord – oder meine Autorität?"

Ethar starrte ihn noch eine Sekunde länger an und sah dann weg.

„Nein, Sushin", sagte sie schließlich. „Ich weiß, mit wessen Stimme Ihr sprecht."

Sie wandte sich ab und winkte den anderen Wachen zu, die respektvoll Abstand hielten. Während sie gingen, kicherte Sushin und murmelte etwas so leise, dass Ethar es nicht verstehen konnte.

„Wisst Ihr das, Ethar? Wisst Ihr es wirklich?"

• KAPITEL •
ZWEI

Nein, du musst den Hebel hineindrücken und ihn gleichzeitig drehen", sagte Tal zu Adras, seinem Geistschatten. Letzterer drückte einmal mehr erfolglos an dem Hebel der Luke herum. „Sieh mir zu. Ich mache das."

Er wollte schon zurück nach unten klettern, als Adras es schließlich schaffte, den Hebel zu bewegen. Die Luke schloss sich hinter ihnen.

„Jetzt möchte ich, dass du den Hebel abbrichst", sagte Tal. An der Lukentür gab es zwar keinerlei Schloss, wenn Adras jedoch den Hebel abbrach, würde das vielleicht den Mechanismus blockieren. Dann konnte ihnen niemand mehr folgen.

„Brauche Licht", keuchte Adras, als er an dem Hebel drehte. „Nicht stark genug."

Tal vergewisserte sich, dass er sicher genug stand, bevor er seine Hand ausstreckte. Der Sonnenstein, den er an einem

Ring an seiner Hand trug, blitzte zuerst orangefarben auf und wurde dann weiß. Er wurde schnell heller und heller.

Je heller das Licht wurde, desto deutlicher zeichneten sich Adras' Konturen ab. In der Geistwelt Aenir war er ein Sturmhirte gewesen; hier in der Dunkelwelt war er ein freier Geistschatten – zwar an Tal gebunden, aber ihm nicht zu unbedingtem Gehorsam verpflichtet. Das war eine Situation, die Tal die meiste Zeit bedauerte.

Die wulstige Schattenwolke war ungefähr menschenförmig, aber zweimal so groß wie Tal. Einer der gewaltigen Arme drehte jetzt an dem Hebel und riss ihn ab. Er wollte ihn gerade fallen lassen, als Tal rief: „Nein! Gib ihn mir! Milla und Odris sind unter uns, schon vergessen?"

„Entschuldigung", sagte Adras und gab Tal den abgebrochenen Hebel. Der steckte ihn in seine Tasche, seufzte und kletterte weiter nach unten.

Tal hatte diese Luke nur zufällig gefunden; er war mit den Zehen an den Rand des Lukendeckels gestoßen, als sie durch eine der großen Höhlen gelaufen waren, in denen das Untervolk tausende von hässlichen Wurzelsträngen eines Grünzeugs namens Belish anbaute. Tal hatte Belish noch nie gemocht und es machte ihm auch keinen Spaß, sich durch einen dicken, matschigen Wald aus Belish-Wurzeln zu zwängen. Doch die zufällige Entdeckung der Luke machte alles wieder wett. Die Wachen hatten sie schon gefährlich eingeholt.

Jetzt befand sich Tal in einer engen Röhre, die in einem Winkel von fünfundvierzig Grad nach unten führte. Anstatt einer richtigen Leiter gab es eine Reihe von Steinspitzen, die man als Hand- und Fußstützen benutzen konnte. Es gab auch keine konstante Beleuchtung – keine Sonnensteine an Wand, Boden oder Decke. Um etwas Licht zu schaffen, richtete Tal seinen Sonnenstein nach unten. Millas Sonnenstein, ein Zwilling von Tals Stein, antwortete mit einem Lichtstrahl.

Milla kletterte sehr schnell nach unten. Sie verschwendete keine Zeit. Das Eiscarl-Mädchen wollte jetzt nur noch das Schloss verlassen und auf das Eis zurückkehren. Sie war der Meinung, falsche Entscheidungen getroffen zu haben und in die falsche Richtung zu segeln. Der weibliche Geistschatten an ihrer Seite erinnerte sie ständig an ihren Stolz und ihr Versagen. Nur das Eis würde über ihre Untaten urteilen können.

Ihr Geistschatten folgte ihr auch jetzt. Genau wie Adras war auch Odris noch wenige Tage zuvor ein Geistschatten gewesen – aber in der Geistwelt Aenir. Hier in der Dunkelwelt war sie Millas Geistschatten. Und einen Geistschatten zu haben, war gegen sämtliche Regeln und Gebräuche der Eiscarls.

Milla glaubte, dass der Verlust ihres natürlichen Schattens das Ende ihres Traumes bedeutete, eine Schildjungfrau zu werden. Und wahrscheinlich auch das Ende ihres Lebens. Nur die Notwendigkeit, die Cronen über die Vorgänge in Aenir und dem Schloss zu informieren, würde sie daran hindern, sich sofort nach ihrer Rückkehr dem Eis zu überlassen.

Doch zunächst mussten sie Sushin und den Wachen entkommen. Dann mussten sie Tals Großonkel Ebbitt finden und versuchen, sich aus all den Geschehnissen etwas zusammenzureimen. Nicht etwa, dachte Tal, dass Ebbitt eine große Hilfe war, wenn es darum ging, den Dingen einen Sinn zuzuordnen. Aber er konnte ihm vielleicht erklären, was die Schlüsselsteine waren, wie sie den Schleier kontrollierten und wie Tals Vater Rerem vom Orangefarbenen Schlüsselstein beeinflusst sein konnte … was hatte der Kodex doch noch gesagt?

Er ist der Wächter des Orangefarbenen Schlüsselsteins. Der Stein wurde geöffnet, also lebt er nicht mehr. Wenn der Orangefarbene Schlüsselstein nicht geschlossen wird, lebt er nicht. Wenn er geschlossen wird, wird er wieder leben.

Und dann war da noch Gref – Tals Bruder – über den nachzudenken war. Tal hatte ihn beinahe gerettet, war aber im letzten Augenblick durch Sushins Tricks daran gehindert worden. Gref war vergiftet oder auf irgendeine Weise in ein Koma versetzt worden. Genau wie Tals Mutter Graile …, die allerdings schon seit einiger Zeit krank war.

Tal hatte sich so sehr angestrengt, seiner Familie zu helfen und den Wunsch seines Vaters zu erfüllen, sich um sie zu kümmern. Doch was auch immer er unternahm, es ging schief. Dabei hatte er am Anfang angenommen, dass er nur einen neuen Sonnenstein brauchen würde. Und das war schon schwierig genug gewesen.

Aber das Leben war *jetzt* um einiges schwieriger.

Abgelenkt von diesen Gedanken, hörte Tal Milla nicht, wie sie weit von unten rief, bis ihn sein Geistschatten ziemlich hart auf den Kopf schlug.

„Au!"

„Milla sagt, dass da irgendwo Wasser tropft", berichtete Adras, wie üblich mit zu lauter Stimme. Sogar als Geistschatten behielt er noch immer die Charakterzüge eines Sturmhirten. Er donnerte mehr als dass er sprach und Blitze aus Schatten zuckten um seine Augen und seine Finger.

Tal sah nach unten und leuchtete mit dem Sonnenstein. Milla hatte angehalten und beleuchtete den Tunnel vor sich. Etwas in der Ferne reflektierte das Licht. Wasser? Tal runzelte die Stirn und versuchte, sich an Unterrichtsstunden zu erinnern, in denen vor langer Zeit über die Architektur des Schlosses gesprochen worden war.

Sie kletterten gerade von der siebten Ebene des Untervolks abwärts. Diese Ebene war voller verschiedener Arbeitsräume, Gemüse- und Pilzfarmen sowie Werkstätten. Die siebte war die letzte vollständig vom Untervolk eingenommene Ebene, bis auf ein paar Felsformationen und … die Fischteiche.

Das war es. Unter ihnen lag einer der riesigen Fischteiche, in denen das Untervolk Fische züchtete: Gelbschuppen und Flosser für die Tische der Erwählten. Und die durchsichtigen Shrimps, die in getrockneter Form eine solche Delikatesse waren. Manchmal verfingen sich auch Aale in den Netzen, die für die Erwählten jedoch Ungeziefer waren und von den Untervölklern gegessen wurden.

„Das Wasser ist flach!“, rief Tal Milla zu. „Nicht springen!“

Milla sah böse zu ihm hinauf und sprang dennoch.

Doch sie hielt sich dabei an Odris fest. Auch als Geistschatten hatten die Sturmhirten noch einige ihrer Eigenschaften. Milla schwebte wie eine Feder hinunter, Odris als großes, dunkles Etwas über ihr.

Milla tauchte sanft bis zur Hüfte ins Wasser. Sie hob die Hand und ließ das Licht etwas heller scheinen. Sie hatte den Stein noch nicht lange und doch fiel Tal auf, dass sie sehr schnell mehr und mehr Kontrolle darüber erlangte. Dabei hatte er ihr nur wenig Unterricht erteilt. Das beunruhigte Tal. Eigentlich sollten nur Erwählte in der Lage sein, Sonnensteine zu benutzen.

Das war nur ein weiterer Teil seiner Welt und seines Glaubens, die begonnen hatten, sich aufzulösen. Tal war sich nicht mehr sicher, was überhaupt noch wahr war. Das meiste von dem, was man ihm im Lektorium beigebracht hatte, schien eine Sammlung von Halbwahrheiten zu sein – oder nur Teile des Gesamtbilds. Es schien beinahe so, als hätte sein Unterricht nur dem Zweck gedient, ihm ein breiteres Wissen vorzuenthalten, anstatt es ihm zu vermitteln.

„Los!", befahl Milla.

Tal seufzte, kletterte den letzten Stein hinab und griff nach Adras' Hand. Der Geistschatten nahm sie gedankenverloren und ließ in dem Moment los, als Tal springen wollte.

„Halt mich fest!", sagte Tal. „Und plustere dich auf, damit wir nach unten segeln."

„Entschuldigung", donnerte Adras. „Ich dachte gerade an mein Zuhause."

„Lass es bleiben", murmelte Tal.

Dieses Mal tat der Geistschatten wie geheißen, hielt Tal fest und pumpte sich auf, damit sie einen kontrollierten Abstieg hatten.

Dennoch schrie Tal auf, als sie auf der Wasseroberfläche aufkamen. Im Eifer der Flucht hatte er den Schmerz des Wespenwyrm-Stiches vergessen. Der Aufprall auf der kalten Wasseroberfläche ließ einen schmerzhaften Stich durch seinen Körper fahren. Er fiel nach vorn und ging beinahe unter.

Adras hievte ihn hoch, als Milla und Odris sich umsahen.

„Alles in Ordnung?", fragte Odris. Milla schwieg wie üblich. Tal wusste, dass sie niemals aus einem solch profanen Grund wie Schmerz aufschrie. Er biss die Zähne zusammen und richtete sich auf. Als sich sein Bein verkrampfte, zuckte er unwillkürlich zusammen.

„Alles in Ordnung", sagte er, obwohl er sich ziemlich anstrengen musste zu sprechen. „Lass uns gehen."

„Wohin?", fragte Milla. Sie hielt ihren Sonnenstein-Ring hoch und ließ sein Licht umher scheinen. Es beleuchtete nichts als einen weiten Kreis aus schillerndem Wasser. Jenseits dieses Kreises war Dunkelheit.

Tal drehte seinen Kopf und sah sich um. Er wusste, dass die Fischteiche sehr groß waren, ein paar von ihnen hatten einen Durchmesser von zwei- oder dreitausend Spannen. Aber irgendwo musste es eine Anlegestelle oder einen Steg geben, an dem die gefangenen Fische abgepackt wurden, damit sie zu den Lagern und Küchen transportiert werden konnten.

Das einzige Problem war, dass Tal keine Ahnung hatte, wo dieser Steg lag.

• KAPITEL •
DREI

Dämpfe dein Licht“, sagte Milla plötzlich. Sie starrte ihren Sonnenstein-Ring an. Als das Licht nicht schnell genug dunkel wurde, deckte sie den Ring mit der anderen Hand ab. Tal ließ sein Licht innerhalb einer Sekunde erlöschen.

„Weshalb?“, flüsterte Tal in die Dunkelheit. Aus irgendeinem Grund schien es in der Höhle ohne Licht ruhiger sein und er wollte diese Stille nicht stören.

Millas einzige Antwort war ein leises Plätschern. Sie ging umher.

„Das gefällt mir nicht“, sagte Adras. „Ich fühle mich schwach.“

„Mir ist schlecht“, sagte Odris. „Das ist wie Durst haben in Aenir.“

„Es dauert nicht lange“, sagte Milla. Ihre Stimme erschreckte Tal, denn sie kam aus einer anderen Richtung und von weiter weg, als er erwartet hatte. „Jetzt habe ich es.“

An ihrer Hand flammte wieder Licht auf. Tal ließ zur Antwort seinen Sonnenstein aufleuchten.

„Du hast was?", fragte er.

„Da drüben ist Licht", sagte Milla und zeigte auf einen Punkt etwas weiter weg. „Und ich habe etwas gehört, aber es ist zu weit entfernt. Diese Höhle ... dieser Fischteich ... ist sehr groß."

„Es könnte der größte sein", sagte Tal. „Ich glaube es gibt drei davon."

Verschwommene und unangenehme Erinnerungen an Märchen aus seiner Kindheit kamen in Tal hoch. Etwas über den Fischteich und riesige Aale, jeder zehn Spannen lang und mit einem entsprechenden Appetit.

Er erinnerte sich daran, wie er als Kind über einen Untervölkler gelacht hatte, der sich vor einem gigantischen Aal erschrocken hatte. Jetzt, da *er* durch diesen Fischteich watete, erschien ihm das nicht mehr sonderlich lustig.

Plötzlich strich etwas an seiner Wade entlang. Tal stieß einen kurzen Schrei aus und sprang zurück. Im selben Augenblick erkannte er, was es war. Eine Seepflanze. Ein dicker, grüner Strang aus Seetang mit großen Luftblasen, die ihn an der Wasseroberfläche hielten.

Milla hob einen Strang davon hoch. „Das ist eine andere Form des Seetangs, den wir unter dem Eis ernten. Ich glaube nicht, dass er essbar ist."

„Bestimmt nicht", sagte Tal und verzog angewidert das

Gesicht. Er schob den Tang weg. Er war schleimig, roch schlecht – und es gab noch eine Menge mehr davon, die es watend zu durchqueren galt.

Als Tal den Tang wegschob, sah er ein Gesicht im Wasser. Er zuckte beinahe zusammen, denn er nahm an, jemand würde hinter ihm aus dem Wasser kriechen. Dann wurde ihm klar, wer das war.

Es war sein eigenes Spiegelbild, allerdings völlig verändert seit dem letzten Mal, als er in einen richtigen Spiegel gesehen hatte. Er erkannte sich beinahe selbst nicht mehr. Es waren nur wenige Wochen vergangen und doch hatte sich so viel verändert.

Der junge Erwählte mit dem widerspenstigen braunen Haar und dem schiefen Lächeln war verschwunden. Stattdessen sah er jemanden, den er einst als Wilden bezeichnet hätte. Sein Haar war völlig zerzaust und mitten hindurch hatte es einen hellgrünen Strich – das Ergebnis einer Begegnung mit einem Monster in Aenir. Sein Gesicht schien permanent angespannt zu sein, eine stirnrunzelnde Grimasse. Und er sah um einiges älter aus als vierzehn Jahre.

„Los“, sagte Milla.

Tal wurde gewahr, dass er sein Spiegelbild anstarrte. Er sah zu Milla hinüber und bemerkte, dass auch sie sich verändert hatte. Sie hatte ihre vorübergehende Verkleidung – die gelbe Robe einer älteren Erwählten – abgelegt und trug jetzt wieder ihre Eiscarl-Felle und die Panzerung aus Selski-Haut. Die weißblonden Haare hatte sie noch immer zurückgebunden. Doch etwas hatte sich verändert.

Es dauerte einen Moment, bis er herausfand, was es war: Die Veränderung lag in ihren grauen Augen. Die wilde Entschlossenheit war verschwunden, so als wäre ein Funken erloschen.

Erst jetzt wurde Tal klar, dass sie sich wirklich dem Eis überlassen würde. Als er gedacht hatte, er würde durch Annehmen der beiden Sturmhirten als Geistschatten ihr Leben – und sein eigenes – retten, hatte er in Wirklichkeit ihr Schicksal besiegelt. Sie *würde* sich wirklich das Leben nehmen, weil sie ihren eigenen Schatten verloren und stattdessen einen Geistschatten erhalten hatte.

„Komm schon!", wiederholte Milla. Sie begann durch das Wasser davonzuwaten, wobei sie immer wieder Pausen machte, um besonders störrische Stränge des Seetangs wegzuschieben.

Tal folgte ihr um einiges langsamer. Er fühlte sich plötzlich unglaublich müde. Alles schien viel zu schwierig zu sein. Was auch immer er unternahm, es machte die Dinge nur schlimmer. Er wusste jetzt, dass er sich um Milla kümmern musste, dass er ihr Überleben sichern musste. Die einzige Möglichkeit, die ihm dazu einfiel, war, sie am Verlassen des Schlosses zu hindern, was natürlich vollkommen gegen ihren Willen sein würde. Und sich gegen Millas Willen zu stellen, war noch nie eine gute Idee gewesen.

Vielleicht würde Ebbitt etwas einfallen, dachte Tal müde.

Ebbitt. Sie mussten Ebbitt finden – wo auch immer er sich befand – bevor die Wachen sie fingen.

Oder bevor sie Ebbitt schnappten, dachte Tal plötzlich. Das hatte er bislang noch gar nicht in Betracht gezogen.

Er stöhnte. Milla, Adras und Odris blieben stehen und sahen ihn an.

„Was ist?", fragte Milla. Sie hatte bereits in einer blitzschnellen Bewegung ihr Knochenmesser gezogen.

Tal schüttelte den Kopf.

„Nichts. Mir wurde nur gerade klar, wie dumm das alles ist. Wir suchen Ebbitt, wissen aber nicht einmal, was wir unternehmen sollen, wenn wir ihn denn gefunden haben. Überall sind Wachen, ganz abgesehen von Sushin, was im Namen des Lichtes *er* auch gerade sein mag. Außerdem stehen wir in einem Fischteich, ich habe keine einzige Sache richtig gemacht und verstehe nicht, was überhaupt passiert ..."

Seine Stimme verstummte, als Milla ihn ansah. Es lag nicht in der Art der Eiscarls, sich zu beschweren, das wusste er. Aber es war die Art der Erwählten. Erwählte beschwerten sich über Untervolk-Diener, über die Qualität des Essens, über ihre Kleider – über schlichtweg alles.

Über allerhand bedeutungslose Dinge, dachte Tal. Wollte er wirklich so sein?

Er sah nach unten zu seinem Spiegelbild und versuchte, sich ein Lächeln abzunötigen. Es kam nur langsam zustande und aus irgendeinem ihm unbekannten Grund hatte es die nervige Kurve auf der linken Seite nicht mehr.

„Andererseits“, sagte er langsam, „habe ich einen neuen Sonnenstein – und das ist ja alles, was ich am Anfang haben wollte. Und einen Geistschatten …“

„Das bin ich“, sagte Adras stolz.

„Und wir haben den Kodex im Mausoleum versteckt“, fuhr Tal fort. Indem er die positiven Seiten der ganzen Sache noch einmal aussprach, vermittelte er sich selbst ein besseres Gefühl. „Worüber beschwere ich mich überhaupt?“

„Das weiß ich nicht“, sagte Milla. Sie runzelte die Stirn und fügte hinzu: „Du bist am Leben. Sei dankbar für das Geschenk des Lebens, bis du es nicht mehr hast.“

Sie drehte sich weg und watete wieder durch den Tang, dieses Mal schneller als zuvor. Tal folgte ihr mit schmerzendem Bein. Sie kam schneller voran, als es für ihn angenehm war, doch er beschwerte sich nicht.

Es war schwer, durch den Seetang voranzukommen. Es gab eine Menge mehr von dem Zeug, als Tal es in einer funktionierenden Fischzucht vermutet hätte. Wahrscheinlich gab es deswegen keine Fische hier. Oder Aale. Es war natürlich auch möglich, dass sie die Fische verscheucht hatten oder sie im Dunkeln einfach nicht sehen konnten. Milla hatte darauf bestanden, dass sie ihre Sonnensteine weiterhin gedämpft hielten, damit sie sich nicht verrieten. Adras und Odris hatten sich zuerst beschwert, schienen sich jetzt aber an das Schwächegefühl zu gewöhnen, das ihnen der Lichtmangel bereitete.

Tal watete mindestens fünfzehn Minuten lang weiter, ohne den geringsten Gedanken oder sich bewusst zu sein, was er überhaupt tat. Er schob sich wie betäubt durch den eigenartig aufgeblasenen Seetang und folgt Milla. Wenn sie nicht plötzlich stehen geblieben wäre, wäre er noch ewig so weiter marschiert.

„Was ist denn?“, flüsterte er und spähte ihr über die Schulter.

„Schau“, flüsterte Milla zurück.

Tal schaute. Vor ihnen war etwas Licht. Aber es war nicht das klare, stetige Licht von Sonnensteinen. Das Licht flimmerte, war eher schwach und wechselte leicht die Farben. Ein paar Öllampen, dachte Tal. Von der Sorte, die die Untervölkler in den Höhlen haben, die nicht von Sonnensteinen beleuchtet waren. Das Untervolk konnte natürlich keine Sonnensteine benutzen, weshalb sie sich mit Öllampen und ähnlichen Dingen begnügen mussten.

Im Dämmerlicht konnte Tal vier … nein fünf Leute hart arbeiten sehen. Zwei von ihnen standen im Wasser und reichten den anderen etwas nach oben, die es wiederum annahmen und in Fässer verpackten.

„Untervölkler beim Fischfang“, sagte Tal. Er machte sich nicht die Mühe, leise zu sprechen. „Wir können einfach an ihnen vorbei …“

Eine kalte Hand auf seinem Mund brachte ihn zum Schweigen.

„Still“, flüsterte Milla böse. „Das sind keine normalen Untervölkler. Und sie sind auch nicht beim Fischfang.“

Einen Augenblick war Tal versucht, ihr in die Hand zu beißen. Aber der Augenblick ging vorbei und Milla zog ihre Hand zurück. Und als er wieder zu dem Steg sah, fiel ihm auf, dass an diesen Untervölklern *tatsächlich* etwas eigenartig war. Zuerst einmal trugen sie keine normalen weißen Roben. Und dann fingen sie keine Fische, sondern ernteten den Seetang. Sie zogen ihn heraus und schnitten ihn auf dem Steg in Streifen, bevor sie ihn in die Fässer füllten.

„Sie haben Speere“, sagte Milla leise. Sie sah viel besser als Tal, besonders in dieser beinahe vollkommenen Dunkelheit. „Und einer von ihnen hat ein langes Messer. Ah …“

Einer von ihnen war genau dort stehen geblieben, wo das Laternenlicht am hellsten schien. Es war ein Junge, nicht viel älter als Tal, aber größer und viel muskulöser. Er trug die weiße Kleidung des Untervolks, aber es war etwas darauf gepinselt oder gestickt worden – eine Art Muster oder Schrift, die Tal aus der Entfernung nicht lesen konnte. Außerdem trug der Junge einen seltsamen dreieckigen Hut, dessen vordere Ecke extrem spitz war und an die ein paar lange, dunkle Federn in wild abstehenden Winkeln gesteckt waren.

Irgendwie kam er Tal bekannt vor. Er war sich völlig sicher, diesen Jungen schon einmal irgendwo gesehen zu haben. Es fiel ihm nur nicht ein, wo.

Milla hingegen wusste es.

„Das ist der, den sie Crow nennen“, sagte sie. „Der Anführer der Leute, die uns von den Heizungstunnels nach oben brachten, als die Luft schlecht wurde.“

„Die da?“, fragte Tal. Er war seinerzeit von den Dämpfen in den Heizungstunnels teilweise ohnmächtig und teilweise benebelt gewesen. Wenn man sie nicht gerettet hätte, wären sie dort unten wahrscheinlich gestorben. Er hatte keine Zeit gehabt, über die Leute nachzudenken, die sie hinausgetragen hatten. Doch jetzt fiel ihm alles wieder ein.

„Ja“, sagte Milla. „Wir sollten lieber vorsichtig sein. Die meisten von ihnen wollten uns umbringen. Und sie hassen die Erwählten.“

„Was?“, fragte Tal. „Es sind Untervölkler! Sie können die Erwählten nicht hassen! Das ... das ist nicht erlaubt!“

„Wie ich schon sagte, sind das keine normalen Untervölkler. Es sind Abtrünnige.“

Tal starrte die Untervölkler an. Sie trugen tatsächlich sehr alte Kleider. Außerdem hatte kein Untervölkler etwas in den Heizungstunnels zu suchen, wo sie Tal und Milla gerettet hatten. Er hatte einmal etwas über Untervölkler gehört, die gegen die Erwählten rebellierten und unterhalb der normalen Ebenen lebten. Geglaubt hatte er die Geschichten noch nie.

„Sie sind nur zu fünft", sagte er schließlich. „Wir beide haben Sonnensteine und Adras und Odris."

„Aber wir sind schwach", sagte Odris, nurmehr eine jammernde Stimme in der Dunkelheit. „So wie ich mich gerade fühle, könnte ich nicht einmal eine Höhlenschabe zerquetschen."

„Ich schon", sagte Adras. „Ich könnt mit Leichtigkeit so etwas wie eine Höhlenschabe zerquetschen. Oder etwas von der Größe eines Dattu oder vielleicht eines Lowock …"

„Ich habe *übertrieben*", unterbrach Odris die Aufzählung. „Natürlich könnte ich eine *Höhlenschabe* zerquetschen. Aber in einem richtigen Kampf wäre ich kaum eine große Hilfe …"

„Ich schon", sagte Adras stolz. „Aber wenn wir mehr Licht hätten …"

„Still!", befahl Milla. „Alle beide!"

„Wir müssen um sie herum gehen", sagte Tal. „Es gibt keinen anderen Weg aus diesem See. Und die Wachen werden vielleicht bald die Falltür finden."

„Wir verdanken ihnen unser Leben", sagte Milla. Die Worte kamen langsam, so als würde sie laut denken. „Das bedeutet, dass wir erst mit ihnen reden müssen. Sie wissen vielleicht, wo wir deinen größten Onkel Ebbitt finden."

„*Groß*onkel, nicht *größter* Onkel", korrigierte Tal sie. „Wie auch immer, ich bezweifle es. Untervölkler wissen normalerweise nicht viel mehr als etwas über ihre Arbeit.

Ich frage mich, was sie wohl mit dem ganzen Seetang vorhaben?“

„Adras, Odris, haltet euch bereit, uns zu verteidigen, falls sie angreifen“, sagte Milla. „Wir werden euch dann mehr Licht geben. Los jetzt.“

• KAPITEL •
VIER

Sie waren ein Dutzend Spannen vom Steg entfernt, als die Untervölkler sie bemerkten. Es war Crow, der über das Wasser sah, durch ein Plätschern aufmerksam geworden. Ein Ausdruck der Erschreckens huschte über sein Gesicht, doch einen Sekundenbruchteil später hatte er seinen Speer gezogen und schrie: „Aufpassen! Da im Wasser!"

Die anderen beiden Untervölkler am Steg griffen ebenfalls nach ihren Speeren, während die beiden im Wasser hektisch zu der Leiter wateten. Seetang flog nach allen Seiten davon, als die Untervölkler nach ihren Waffen griffen oder versuchten, aus dem Wasser zu kommen.

„Frieden!", rief Milla. „Waffenstillstand!"

„Reden!", rief Tal. „Wir wollen nur reden!"

Unglücklicherweise beschloss Adras im selbem Moment, ihnen mit einem Donnerbrüllen zur Hilfe zu kommen. Der Schrei rollte mit der vollen Wucht eines echten

Donnerschlags über das Wasser, übertönte jedes Wort der anderen und ließ die Untervölkler einen Moment lang wie gelähmt stehen bleiben.

Als der Donner über den See hinweggehallt war, warf Crow seinen Speer gegen Tal. Milla sprang nach vorn und fing den Speer in der Luft ab.

Tal fiel bis zum Hals ins Wasser. Doch den Ring mit dem Sonnenstein hielt er über der Oberfläche. Er war plötzlich sehr wütend und konzentrierte alle seine Gedanken darauf, einen Strahl blendender Brillanz loszuschleudern.

Licht brach aus dem Stein hervor und verscheuchte die Dunkelheit. Adras und Odris brüllten erfreut auf; sie waren plötzlich als klar umrissene Schatten sichtbar, menschliche Gestalten aus wulstigen Wolken. Sie schossen auf die anderen Untervölkler zu, die ihre Speere gegen sie warfen, was allerdings keine Wirkung hatte.

Es sah schon so aus, als würde sich aus dem Zusammenstoß ein richtiger Kampf entwickeln, als Milla ihre Stimme erhob. Die Stimme, mit der sie auf dem Eisschiff gegen den Sturm anschrie.

„Aufhören! Alle aufhören!"

Alle hörten auf. Vielleicht hätten sie weitergekämpft, wenn Milla nicht noch einmal geschrien hätte.

„Adras! Odris! Zurück zu mir. Und ihr Untervölkler bleibt wo ihr seid. Wir wollen nur reden! Wir sind keine Erwählten!"

Tal rappelte sich wieder auf und zog sich den Tang von den Schultern. Er ließ seinen Sonnenstein weiter hell leuchten, richtete den Strahl aber an die Decke, damit er niemanden blendete.

„Sie sind es“, sagte einer der Untervölkler, ein großer blonder Junge … nein … ein Mädchen, an dessen Namen Tal sich plötzlich erinnerte: Gill. „Die zwei, die wir von der Unterebene drei hochgeschleppt haben. Ich habe euch doch gesagt, dass wir sie hätten töten sollen.“

„Schnauze“, sagte Crow. Er sah Tal und Milla an, seine Augen wanderten jedoch auch ständig zwischen Adras und Odris hin und her. Er hatte ein Messer in seiner rechten Hand, die er flach an seiner Seite hielt.

„Wir sind keine Erwählten“, sagte Milla noch einmal. Sie ignorierte Tals wütenden Blick. Sie mochte vielleicht keine Erwählte sein, er jedoch war einer und sah keinen Sinn darin, etwas anderes vorzutäuschen.

„Nein?“, fragte Crow. „Ihr habt Sonnensteine und Geistschatten.“

„Ich bin Milla, ein Eiscarl von außerhalb des Schlosses. Tal … war einmal ein Erwählter, ist es aber nicht mehr. Die Erwählten haben ihn verstoßen. Die Wachen sind hinter ihm her.“

Tal öffnete seinen Mund, um zu protestieren, schloss ihn aber sogleich wieder. Milla beschrieb die Ereignisse zwar aus ihrer Sichtweise, hatte jedoch Recht. Er *war* effektiv ein

Ausgestoßener. Er hatte nur noch nicht richtig darüber nachgedacht.

Crow hörte ohne jede sichtbare Regung zu. Nicht einmal die Nachricht, dass Milla von außerhalb des Schlosses stammte, schien ihn zu beeindrucken. Die anderen traten nervös von einem Bein aufs andere und schauten hinter sich zur offenen Tür und zum dahinter gelegenen Tunnel.

„Wir suchen meinen Großonkel Ebbitt", sagte Tal. „Einen alten Erwählten. Sein Geistschatten hat die Gestalt einer bemähnten Katze. Habt ihr ihn irgendwo gesehen?"

„Vielleicht", sagte Crow. Tal bemerkte, dass die anderen Untervölkler Ebbitts Namen zu kennen schienen. Und sie wichen seinem Blick aus. Außerdem war Crow offensichtlich ihr Anführer und sie würden schweigen, solange er sprach.

„Könnt ihr uns zu ihm bringen?", fragte Milla.

„Das kommt drauf an", sagte Crow.

„Worauf?", fragte Tal. Er wurde immer wütender. „Weshalb tut ihr nicht einfach, was man euch sagt?"

Er hatte die Worte kaum ausgesprochen, da bereute er sie schon. Genau auf diese Art und Weise war er mit den Eiscarls aneinander geraten. Sein Verstand erinnerte sich daran, war jedoch langsamer als sein Mundwerk.

Crow starrte ihn an. Seine dunklen Augen funkelten voller Hass.

„Du bist immer noch ein Erwählter, oder etwa nicht?", sagte er und hob sein Messer. „Tut dies, tut das! Wir sind hier unten nicht mehr eure Diener! Wir sind Freivölkler, keine Untervölkler! Und wenn es nach mir geht, könnt ihr hier unten wie verlorene Lichtpüppchen umherstolpern, bis die Garde euch findet!"

Tal hob seinen Sonnenstein und konzentrierte sich auf einen Roten Strahl der Zerstörung. Wenn Crow ihn anspringen oder versuchen würde, das Messer auf ihn zu werfen, würde er den Strahl abfeuern.

Crow sah das rote Licht um den Stein wabern und zögerte. Bevor einer der beiden den momentanen Waffenstillstand brechen konnte, trat Milla zwischen sie und sah zu dem Untervölkler am Steg hoch.

„Wir sollten nicht gegeneinander kämpfen, wo doch der wirkliche Feind nahe ist", sagte sie. „Wenn der Sturm vorüber ist, können wir unseren Zwist beilegen."

Crow starrte zu ihr hinunter. Wut zeichnete sich noch deutlich in seinem Gesicht ab. Es sah so aus, als würde er so oder so angreifen. Doch dann ging einer der anderen Untervölkler zu ihm und flüsterte ihm etwas ins Ohr.

„Schnauze, Clovil!", sagte Crow und stieß den anderen Jungen so hart weg, dass er über ein Fass in einen Stapel Seetang fiel.

„In Ordnung!" rief Clovil. „Ich sage es so laut, dass alle es hören können!" Er war jetzt auch wütend und kletterte aus dem Seetang. „Wir haben Anweisungen, jeden, der Ebbitt sucht, zu …"

„Schnauze!“, wiederholte Crow. Doch seine Wut schien sich gelegt zu haben, denn seine Stimme klang weniger herrisch.

„Also *kennt* ihr Ebbitt“, sagte Milla. „Und es gibt jemanden, der euch Befehle erteilt. Bringt uns zu eurer Crone.“

„Zu unserer was?“, fragte Gill. Crow runzelte die Stirn und schwieg.

„Wer auch immer euer Anführer ist“, erklärte Tal. Er hatte es geschafft, sich zu beruhigen und an seine erste Begegnung mit Milla und den Eiscarls zu erinnern. Offensichtlich waren diese Untervölkler keine normalen Untervölkler und konnten demnach auch nicht so behandelt werden. Er würde freundlicher sein müssen. Zumindest das hatte er draußen auf dem Eis gelernt.

„Was ich gesagt habe, tut mir Leid“, fügte Tal hinzu und sah Crow an. Der starrte ihn ausdruckslos an. Es schien unmöglich zu sein, die Gedanken hinter diesen anscheinend niemals blinzelnden Augen zu lesen. Tal wusste nicht, ob seine Entschuldigung angenommen worden war oder nicht.

„Clovil, Ferek“, sagte Crow im Befehlston. „Geht voraus. Wir gehen über das Schmiedeland und durch Speichertank vier.“

„Vier?“, fragte Ferek. Er war ein kleiner und offensichtlich nervöser Junge. Er zuckte immer wieder zusammen, während er sprach. Tal hatte ein solches Zucken schon gesehen. Ferek musste einmal im Saal der Albträume gewesen sein.

„Ich sagte Schmiedeland und Speichertank vier", meinte Crow ungeduldig. „Muss ich jeden Befehl wiederholen?"

„Nur die dummen", murmelte Gill so leise, dass sie außer Milla niemand hören konnte. Das Eiscarl-Mädchen schaute Gill an, die wiederum vollkommen überrascht war, dass jemand sie gehört hatte. Sie zog eine Grimasse und sah weg.

Milla und Tal kletterten aus dem Wasser und auf den Steg. Ihre Geistschatten kamen dicht hinter ihnen nach. Die Untervölkler traten zurück und bildeten unbewusst eine Reihe.

„Wie ich schon sagte: Ich bin Milla vom Clan der Far-Raider der Eiscarls. Wie heißt ihr?"

Die Untervölkler blickten alle auf Crow. Der zuckte nur mit den Schultern. Das war offensichtlich seine Zustimmung. Dennoch dauerte es ein paar Sekunden, bis sie ihre Namen murmelten.

„Ich bin Gill", sagte das blonde Mädchen. Wie alle aus der Gruppe trug sie eine Mischung aus weißen Untervolk-Roben und seltsam zusammengestellten anderen Kleidungsstücken. In ihrem Fall schloss das unter anderem den Gürtel eines Blauen Hellsterns ein, obwohl er so schmutzig war, dass er genau so gut schwarz anstatt blau hätte sein können. Sie brauchte den Gürtel, weil sie so dünn war.

Aus der Nähe konnte Tal erkennen, dass auf ihrer Untervolk-Robe große Buchstaben standen. Wie auf allen anderen. Er musste seinen Kopf zur Seite neigen, bevor er erkennen konnte, dass es sich um den Buchstaben F aus dem normalen Erwählten-Alphabet handelte. Der Buchstabe war überall auf der Robe zu sehen.

„Steht für Freivolk", sagte Clovil, der bemerkt hatte, was Tal tat. „Frei von den Erwählten. Es zeigt, wer wir sind. Und unterscheidet uns von den Fatalisten."

„Den Fatalisten?", fragte Tal. „Oh, das fängt aber auch mit F an ..."

„Aber sie haben keine Buchstaben auf ihren Roben", erklärte Clovil.

„Du meinst ... das normale Untervolk?"

Crow machte eine schneidende Bewegung mit der Hand, woraufhin Clovil stumm blieb. Tal fragte nicht weiter nach. Es lag noch immer eine Menge Spannung in der Luft.

„Du heißt Clovil?", fragte Milla, als sich sonst niemand mehr selbst vorstellte.

Clovil nickte. Er hatte noch immer Seetang auf den Schultern. Er war beinahe so groß wie Crow und seinem bisherigen Verhalten nach zu urteilen, schien er wohl der Meinung zu sein, der Anführer sein zu müssen. Sein langes, sandfarbenes Haar wurde von einem aus weißem Knochen handgemachten Kamm zurückgehalten. Vielleicht war es der Knochen eines Menschen. Doch das Untervolk bewahrte auch allerhand Reste von den Tischen der Erwählten auf – es konnte also auch ein Tierknochen sein.

„Und du bist Ferek", fuhr Milla fort und zeigte auf den

zuckenden, kleinen Jungen. Er nickte und lächelte ungeduldig. Crow sah ihn stirnrunzelnd an und das Lächeln verschwand wieder.

Abgesehen von Crow blieb jetzt nur noch ein kräftig gebautes Mädchen, das die ganze Zeit schweigend dagestanden hatte. Im Gegensatz zu den anderen trug sie einen schweren Überwurf aus Tierhaut über ihrer Untervolk-Robe und an ihrem Gürtel hingen mehrere Taschen.

„Das ist Inkie", sagte Gill.

Inkie nickte sie an. Niemand gab eine Erklärung dafür, weshalb sie schwieg.

„Ich bin Odris", sagte Odris nach einer kurzen Pause.

Als der Geistschatten sprach, sprangen alle Untervölkler – auch Crow – überrascht zurück. Ferek wich unkontrolliert zuckend zurück, so als hätte er plötzlich Fieber bekommen.

„Was?", fragte Odris und sah Milla und Tal an. „Ich habe doch nur meinen Namen gesagt."

„Geistschatten sprechen normalerweise mit niemandem außer mit ihren Meistern, wenn sie mit ihnen allein sind", erklärte Tal. Er hatte sich schon so an das dauernde Gerede von Odris und Adras gewöhnt, dass er völlig vergessen hatte, wie sie sich auch in diesem Punkt von anderen Geistschatten unterschieden.

„Odris und Adras sind keine normalen Geistschatten", erklärte Tal den Untervölklern. „Sie sind … äh … eher sowas wie Freunde als … hm … Diener."

Milla sagte nichts. Sie sah zurück über den See in die Dunkelheit. Dort waren gerade in einem plötzlichen, fernen Aufblitzen ein paar Lichter erschienen. Außerdem waren die gedämpften Echos von Rufen zu hören.

„Die Wachen“, sagte Milla drängend. „Sie haben uns gefunden. Wir müssen uns beeilen.“

„Stimmt“, sagte Crow. „Wie ich schon sagte … durch das Schmiedeland und dann durch Speichertank vier. Clovil, Ferek, ihr geht voraus.“

Die beiden angesprochenen Untervölkler liefen am Steg entlang zu einer Tür in der Höhlenwand und schlüpften hindurch.

„Nach euch“, sagte Crow zu Tal und Milla. Er bedeutete ihnen, zuerst hindurchzugehen.

Milla schüttelte den Kopf.

„Nein“, sagte sie bestimmt. „Wir werden *dir* folgen.“

Crow starrte sie einen Moment an. Dann zuckte er mit den Schultern und ging davon, gefolgt von den anderen Untervölklern. Im Gehen hob er einen langen Streifen Seetang mit großen Blasen auf und legte ihn sich über die Schulter. Gill und Inkie taten dasselbe.

Milla und Tal warteten, bis die Freivölkler ein gutes Stück vor ihnen waren, bevor sie ihnen folgten. Es wurde kein Wort gesprochen, aber weder Milla noch Tal wollten Crow im Rücken haben.

• KAPITEL •
FÜNF

Die Freivölkler führten Milla, Tal und die beiden Geistschatten durch enge, verwundene Tunnel, die grob in den blassgelben Fels des Berges gehauen waren. Immer wieder zeigte ein vereinzelter, schwacher Sonnenstein, dass diese Gänge einst von den Erwählten benutzt und beleuchtet worden waren. Doch die meisten der Steine waren dunkel und voller Ruß von den Laternen der Untervölkler. Sie waren schon lange erloschen und nur noch schwarze Löcher in der Decke oder den Wänden.

Clovil und Ferek legten ein beachtliches Tempo vor, was Milla nur Recht war – denn die Wachen und ihre Geistschatten würden bald herausfinden, wohin sie gegangen waren. Tal wäre das Tempo ebenfalls recht gewesen, wenn sein Bein nicht verletzt gewesen wäre. Er wollte seinen Sonnenstein einsetzen, um die Schmerzen zu lindern, doch sie hielten nie lange genug an, um eines der heilenden Leuchten erzeugen zu können, die er im Lektorium gelernt hatte.

Nach einer Stunde in den engsten, verschlungensten Gängen verlangsamten Clovil und Ferek das Tempo und blieben ein paar Spannen vor der nächsten Biegung stehen. Als die anderen aufholten, hörten Tal und Milla eigenartige Wassergeräusche – oder so etwas Ähnliches. Es war ein Gurgeln und Platschen, so als würde eine gewaltige Viehherde trinken und alles wieder ausspucken.

Außerdem drang ein seltsames Licht in den Tunnel – ein heißes, gelb und blau durchsetztes Licht, das Tal noch nie zuvor gesehen hatte. Zumindest nicht in einer solchen Intensität. Es erinnerte ihn an etwas, das er aber nicht zuordnen konnte.

„Wir müssen den richtigen Zeitpunkt erwischen", sagte Gill, „und den Rückfluss abwarten."

„Den Rückfluss wovon?", fragte Tal.

„Vom Kristall", gab Gill zurück. „Das ist das Schmiedeland."

„Schnauze Gill", sagte Crow. „Sieh lieber nach, wer gerade Schicht hat und wie lange es noch bis zum Rückfluss dauert."

Gill schniefte kurz und schob sich bis zur Ecke vor. Als sie ihren Kopf hinausstreckte, war er sofort in das gelb-blaue Licht getaucht. Es sah beinahe so aus, als hätte sie ihre Hautfarbe verändert. Sie spähte eine Minute hinaus und zog sich dann wieder zurück.

„Es ist der Werfer und seine Bande“, berichtete sie. „Ich schätze, es dauert nicht mehr lange bis zum Rückfluss. Der Kristall ändert schon die Farbe.“

Bei der Erwähnung des Namens Werfer stöhnten die anderen Untervölkler auf – bis auf Crow. Er runzelte nur kurz die Stirn und beobachtete weiter das Leuchten hinter der Ecke.

„Wer ist dieser Werfer?“, fragte Milla. „Ist er ein Feind?“

„Nicht wirklich“, erklärte Clovil. „Er ist ein Fatalist, wie die meisten von ihnen …“

„Schnauze!“, zischte Crow.

„Selber Schnauze!“, giftete Clovil zurück. „Wie ich schon sagte, er ist ein Fatalist, ihr würdet ihn einfach einen Untervölkler nennen. Sie glauben, dass wir alle dazu bestimmt sind, den Erwählten zu dienen, dass das Leben so sein muss …“

Crow machte einen bedrohlichen Schritt auf Clovil zu, der sofort verstummte und eine trotzige Grimasse zog. Als Crow zurücktrat, öffnete er seinen Mund wieder.

„Wir nennen ihn den Werfer, weil er jeden mit flüssigem Kristall bewirft, der seiner Arbeit in die Quere kommt.“

„Flüssiger Kristall?“, fragte Tal. „Was ist denn das?“

„Das werdet ihr schon sehen!“, sagte Crow. „Er wird grün. Macht euch alle zum Laufen bereit. Tal und Milla, bleibt dicht hinter uns. Verlasst auf keinen Fall den Weg.“

Das Licht vor ihnen änderte jetzt seine Farbe von gelborange in ein kühles Grün. Als nur noch ein paar wenige Blitzer der alten Farbe zu sehen und das Licht beinahe vollkommen grün war, rief Crow: „Rückfluss!“

Clovil und Ferek sprangen sofort los und rannten um die Ecke. Die anderen folgten ihnen dichtauf. Sie kamen in eine gewaltige Höhle. Tal hatte kaum Zeit, sich alles anzusehen, bevor er sich wieder darauf konzentrieren musste, den Freivölklern zu folgen.

Ein schmaler, mäandernder Weg erschien mitten in einem See aus geschmolzenem Kristall. Die Flüssigkeit zog sich wie die Ebbe eines Meeres an den Seiten der Höhle zurück. Hitzewellen gingen von dem flüssigen Kristall aus, jedoch in erträglichem Maße. Tal fragte sich, weshalb sie nicht alle schon längst in Flammen standen – ein solcher See aus geschmolzenem Kristall hätte doch zumindest ihre Kleider entzünden müssen. Dann sah er die riesigen, alten Sonnensteine an der Decke und das Licht, das sie abstrahlten.

Die Sonnensteine schmolzen einerseits den Kristall an den Seiten der Höhle, kühlten aber auch den Weg in der Mitte. Andere Sonnensteine projizierten blaue Kraftstrahlen, die den Kristall aufwirbelten, Ströme und Strudel bildeten.

Je mehr die Flüssigkeit verebbte, desto mehr sichere Orte tauchten auf. Es waren Wege, die sich um tiefe Becken aus flüssigem Kristall wanden. Gruppen aus Untervölklern in dicken Schutzmänteln und -stiefeln liefen hastig die Wege entlang und schöpften mit langen Kellen flüssigen Kristall aus den Becken. Sobald eine Kelle voller Kristall war, liefen sie zu einer der drei Inseln zurück, die dauerhaft aus der geschmolzenen Masse ragten. Auf der jeweiligen Insel schütteten sie den Kristall in eine Form und liefen wieder zurück.

Tal betrachtete so erstaunt die Aktivitäten der Untervölkler, dass ihm überhaupt nicht aufgefallen war, dass er hinter den anderen zurückgefallen war. Gill rief nach ihm. „Beeilung!"

Im selben Moment spürte er, wie einer der blauen Sonnensteine über seinem Kopf erlosch. Ohne das schützende blaue Licht stieg die Temperatur in kürzester Zeit zu sengender Hitze an. Tal sprang nach vorn und sprintete los, um die anderen einzuholen, die gerade auf die dritte Insel kletterten. Als er landete, zuckte sein Bein und er fiel halb und setzte sich halb. Er presste seine Daumen in den Muskeln und verzog vor Schmerz das Gesicht.

„Lass mich das machen", sagte Adras und griff mit seinen riesigen, bauschigen Schattenfingern nach unten. Tal zog schnell sein Bein weg.

„Nein! Nein! Du brichst mir wahrscheinlich das Bein."

„Das ist die Hälfte des Weges. Wir werden hier auf den nächsten Rückfluss warten müssen", sagte Gill. „Lasst uns hoffen, dass uns der Werfer in Ruhe lässt."

Tal massierte weiter sein Bein und sah sich in der Höhle um. Der geschmolzene Kristall floss wieder über den Weg und das Licht wurde wieder intensiver. Auf der Insel war es kühl genug, aber Tal war klar, dass sie hier von einem einzelnen, sehr alten Sonnenstein abhängig waren. Als er sich so umblickte, sah er ein paar vereinzelte, spitze Felsen aus dem See ragen. Es hatte hier einst mehr als drei Inseln gegeben, aber ihre Sonnensteine waren wohl ausgefallen.

„Hier werden also all die Teller und Tassen hergestellt", sagte Tal, während er den Untervölklern auf der nächsten Insel dabei zusah, wie sie die Formen umstießen und dagegen klopften, um die höchst widerstandsfähigen Kristalltassen, Teller und anderen Utensilien hervorzuholen, die ihm so vertraut waren. „Ich hatte keine Ahnung davon."

„Das kannst du auch nicht", sagte Crow. „Die Mäntel und Stiefel, die diese Untervölkler tragen, sind beinahe so alt wie die Sonnensteine in der Decke. Weißt du eigentlich, wie viele Leute hier Jahr für Jahr in der Hitze sterben, nur damit die Erwählten ihr Geschirr in verschiedenen Farben bekommen?"

Hinter ihm hielt Gill Daumen und Zeigefinger so hoch, dass es eine Null ergab. Crow musste einen Hinweis darauf in Tals Augen gesehen haben, denn er wirbelte wütend herum. Gill ließ sofort die Hand sinken und sah weg. Sie hatte offensichtlich Angst vor Crow.

„Hol's die Dunkelheit", fluchte Clovil. „Der Werfer."

Er zeigte in die Höhle hinaus. Durch den Rauch über dem immer dichter werdenden Kristallsee, der nun wieder ein helles Gelb mit gelegentlichen blauen Flecken besaß, sah Tal jemanden durch die geschmolzene Masse waten.

„Wie kann er …", begann Tal, doch dann sah er es deutlicher. Der Mann trug den gleichen schweren Anzug, den Tal bei anderen Untervolk-Arbeitern gesehen hatte. In diesen Anzug waren jedoch Sonnensteine eingearbeitet. Sie tauchten die Gestalt in ein kühles blaues Licht.

„Die einzige Panzerung, die immer noch funktioniert", sagte Clovil nervös. „Ich hoffe, wir kriegen den Rückfluss, bevor er nahe genug kommt, um zu werfen."

Der Weg durch den geschmolzenen Kristall war mühselig. Überall gab es Strömungen und tiefe Löcher, die man umwaten musste. Doch der Werfer kannte sie alle und er kam stetig näher. Er trug eine lange Schöpfkelle über der Schulter.

„Vielleicht will er uns nur warnen", sagte Ferek. Er zuckte wieder unkontrolliert.

„Er hat uns schon das letzte Mal gewarnt", sagte Clovil. „Dieses Mal wird er uns sicher verbrennen."

„Nein, wird er nicht", sagte Crow. „Denk doch mal nach."

Er deutete herablassend auf Tal und Milla.

„Sobald er die beiden mit ihren Sonnensteinen und Geistschatten sieht, wird er ihnen die Hände ablecken und dann die Gegend zeigen wollen."

Ferek seufzte erleichtert und entspannte sich. Clovil hingegen beobachtete weiter den näher kommenden Untervölkler. Als der Werfer dicht genug herangekommen war, nahm er die Kelle von seiner Schulter und begann, große Klumpen aus geschmolzenem Kristall zu schöpfen und in ihre Richtung zu werfen.

„Ich glaube, der Werfer sieht nicht allzu gut", stellte Clovil fest, als einer der Kristallklumpen zwanzig oder dreißig Spannen vor der Insel aufkam. „Er ist ziemlich alt und hat die Kapuze und eine Schutzbrille auf."

Noch ein superheißer Klumpen aus geschmolzenem Kristall kam durch die Luft geflogen und landete – dieses Mal näher bei der Insel.

„Ich glaube, er kann nicht einmal die Geistschatten und Sonnensteine sehen", sagte Clovil. Seine Stimme wurde immer angespannter, je mehr sie sich in die am weitesten entfernte Ecke der Insel zurückzogen. „Wie lange noch bis zum Rückfluss?"

„Ein paar Minuten", sagte Crow ruhig und beobachtete die Farbe des Kristalls.

Noch während er sprach, landete ein Klumpen geschmolzenen Kristalls auf der anderen Seite der Insel, explodierte in einem Funkengewitter und ließ glühend heiße Fragmente in alle Richtungen regnen. Ein paar landeten nur wenige Spannen von der Gruppe entfernt. Sie drängten sich jetzt noch mehr am fernsten Punkt der Insel zusammen.

„Adras", rief Tal. „Du und Odris, ihr geht dort hin und sagt dem Werfer, er soll aufhören. Bleibt oberhalb der Kristalloberfläche und lasst euch möglichst nicht treffen. Was auch immer ihr tut: Versucht *nicht*, die Kristallklumpen zu fangen oder wegzuschlagen. Da sie Licht von einem Sonnenstein abstrahlen, könnten sie euch verletzen."

„Wirklich?", fragte Odris. „Dann bleiben wir lieber hier."

Adras schwebte bereits los, doch Odris griff mit einer bauschigen Schattenhand nach ihm und zog ihn am Ohr zurück.

„Au!", stieß Adras hervor.

Der Werfer hielt wieder inne, um Kristall zu schöpfen. Er schleuderte den Klumpen mit Präzision und der landete genau links der zusammengedrängten Gruppe neben der Insel. Sie wurden von winzigen Funken und kleinen Tropfen geschmolzenen Kristalls getroffen.

Alle außer Milla und Crow sprangen herum und schlugen nach den umherwirbelnden, glühenden Funken. Sie versuchten, sie von ihrer Kleidung abzuklopfen, bevor sie sich bis zu ihrer Haut durchbrannten.

„Los, Odris", bellte Milla. Der Werfer schöpfte bereits wieder Kristall. „Du bist schnell genug, um ausweichen zu können."

„Oh, alles klar", brummte Odris. „Ich wusste ja, dass du mich ohnehin loswerden wolltest."

Odris stieg in die Luft, wobei ihre Arme und Beine etwas an Form verloren und sie so eher an eine normale Wolke erinnerte. Die Höhle war so hell erleuchtet, dass ihr

Schattenfleisch klar umrissen war. Sie sah beinahe so aus, wie sie in Aenir ausgesehen hatte: wie eine tiefschwarze Sturmwolke.

Adras folgte ihr, musste jedoch einen Fuß auf den Inselboden stemmen, um sich in die Luft abzustoßen. Tal seufzte, als er das unbeholfene Manöver beobachtete. Ungehorsam, nicht allzu klug und tollpatschig – das war sein Geistschatten.

Die beiden Sturmhirten schwebten auf den Werfer zu. Der zog gerade die Kelle aus dem Kristall und drehte seinen Körper zum Wurf, als er die Geistschatten auf sich zukommen sah.

Überrascht schwenkte er die Kelle noch weiter hinter sich, sodass er die Balance verlor. Er ließ die Kelle mit rudernden Armen fallen und fiel nach hinten – geradewegs in den geschmolzenen Kristall. Es gab ein gewaltiges Platschen und seine Hand kam wie eine Kralle noch kurz an die Oberfläche. Dann war er verschwunden.

Es gab nur noch den leuchtenden Kristall, der seine Farbe bereits wieder in ein Blau änderte, und die darüber schillernde Hitze.

„Er ist mit hundertprozentiger Sicherheit tot", sagte Clovil, als er dorthin starrte, wo vor wenigen Sekunden noch ein Mann gestanden hatte. „Sogar mit dem Anzug."

Die Geistschatten kamen zurück und schoben wieder ihre Beine heraus, um auf der Insel stehen zu können.

„Wir haben gar nichts gemacht“, sagte Odris vorsichtig. „Er ist einfach hingefallen.“

„Er hat immerhin geschmolzenen Kristall auf uns geworfen“, sagte Gill ohne viel Überzeugung. Für eine mutmaßlich blutdürstige Rebellin schien sie von diesem Unfall ziemlich geschockt zu sein.

„Beinahe Rückfluss“, sagte Crow. Er war der Einzige, den die Sache nicht zu berühren schien. „Macht euch bereit. Wir müssen dieses Mal die Höhle durchqueren.“

Doch alle standen noch da und starrten auf den Punkt, an dem der Werfer in den Kristall gefallen war. Der See war jetzt kühler und änderte seine Farbe in Blaugrün. Außerdem zog sich die Flüssigkeit zurück. Niemand sagte ein Wort, denn alle hofften offensichtlich, dass der Werfer überlebt hatte und dass er gleich wieder aus dem See auftauchen würde.

Der geschmolzene Kristall floss weiter zu den Seiten der Höhle zurück und die Wege tauchten wieder auf. Dann wurde der Körper des Werfers sichtbar – ein bewegungsloser Klumpen, eine winzige Insel.

„Die Sonnensteine an seinem Anzug funktionieren noch“, sagte Tal, als ihm das blaue Leuchten auffiel. „Vielleicht sollten wir ihm aufhelfen. Er könnte noch am Leben sein.“

„Wir haben keine Zeit.“ Crow deutete auf den Weg, der langsam auftauchte, als sich der Kristall zurückzog. „Der Rückfluss ist *jetzt!*“

Er lief in Richtung der anderen Höhlenseite los. Die anderen Freivölkler zögerten, folgten ihm dann jedoch. Milla packte Tal am Arm und zog ihn hinterher.

„Wir haben keine Zeit“, sagte sie. „Er war ein Feind. Die Wachen sind noch immer hinter uns her, vergiss das nicht. Los!“

Tal folgte ihr. Er kam einfach nicht dahinter, weshalb er so aufgewühlt war. Der Werfer war nur ein Untervölkler gewesen und Untervölkler starben nun einmal. Aber es war alles so plötzlich geschehen. Gerade war er noch lebendig gewesen und einen Moment später im geschmolzenen Kristall ertrunken …

Vielleicht würde er ja noch aufstehen, wenn sie weg waren. Vielleicht war seine Panzerung gut genug, um ihn am Leben zu erhalten, bis er wieder zu Kräften kam …

Tals Bein schmerzte jetzt wieder und er musste sich auf das Laufen konzentrieren. Das andere Ende der Höhle war gut hundert Spannen entfernt und die anderen waren schon ein gutes Stück voraus. Außer Adras, der stehen blieb, um noch einmal zurückzuschauen.

Tal spürte, wie die schützenden Strahlen der Sonnensteine nachließen. Die anderen kletterten bereits eine steile Treppe hoch, die aus der Höhle führte. Plötzlich begann der geschmolzene Kristall wieder zurückzufließen. Tal war noch fünfzig Spannen von den Stufen entfernt und Schock durchfuhr ihn, als ein Schwall aus Kristall den Weg vor ihm überflutete. Doch es war nur ein schmaler Streifen und er schaffte es, darüber hinwegzuspringen ohne einzuknicken. Dennoch fühlte er die Hitze – einen plötzlichen Blitz, der gefährlich gewesen wäre, wenn er nur einen Sekundenbruchteil länger gedauert hätte.

Als er die anderen eingeholt hatte, sah Crow schnaubend zu ihm herab.

„Zu viel zu essen und zu wenig Training", sagte er. „Typisch Erwählter."

„Tal ist verwundet", erklärte Milla bestimmt. „Ein Wespenwyrm-Stich am Bein."

„Ein was?", fragte Clovil.

„Ein Wespenwyrm", sagte Tal. „In der Geistwelt Aenir."

„Aenir?" Clovil sah Tal verwirrt an. „Aber ich dachte, die Körper der Erwählten bleiben zurück, wenn sie nach Aenir gehen."

„Das tun sie auch", sagte Tal. „Aber was auch immer dort geschieht, es beeinflusst auch den zurückgebliebenen Körper."

„Funktioniert das auch andersherum?", fragte Crow, offensichtlich mit einem plötzlichen Hintergedanken. „Wenn der Körper eines Erwählten hier verletzt wird, während sein Besitzer in Aenir ist, stößt ihm dann dort auch etwas zu?"

Tal sah das Glitzern in Crows Augen. Es war deutlich zu sehen, wie sehr er die Erwählten hasste.

„Ihre Körper werden hier von den Geistschatten bewacht“, gab Tal kurz angebunden zurück. Es war ihm klar, dass er damit die Frage nicht beantwortete.

„Aber was wäre, wenn sie nicht beschützt würden?“, bohrte Crow weiter. „Sagen wir mal, ich ersteche den Körper eines Erwählten – würde er oder sie in Aenir sterben?“

„Sie werden von den Geistschatten bewacht, wer weiß das also schon?“, gab Tal zurück.

„Vielleicht werde ich es eines Tages herausfinden“, stichelte Crow boshaft.

„Genug geredet“, befahl Milla. „Wir können später noch darüber sprechen. Jetzt müssen wir Ebbitt finden.“

Crow nickte und wendete seinen Kopf in Clovils und Fereks Richtung, um ihnen damit zu signalisieren, dass sie weitergehen sollten.

Die Treppe führte beinahe bis ans obere Ende der Höhle, wo sie an mehreren sehr großen Metalltüren endete. Sie waren leicht angelehnt, gerade so weit, dass jemand hindurchschlüpfen konnte, der nicht so fett war wie Sushin.

Milla blieb an den Türen stehen und wischte den Staub an einer Stelle weg. Wie sie schon vermutet hatte, waren die Türen aus dem gleichen matten Goldmetall gemacht, aus dem auch das Ruinenschiff der Eiscarls und Asteyrs Orskir in der Geistwelt bestanden. Ein weiterer Beweis aus uralten Zeiten für eine Verbindung zwischen Eiscarls und den Erwählten.

Auch Tal blieb stehen, allerdings, um noch einen Blick nach unten auf den geschmolzenen See des Schmiedelands zu werfen. Sogar in dieser Höhe spürte er noch die Hitze, die von dem Kristall ausging. Und er spürte die ausgleichende Kühle, die die Sonnensteine in der Decke abstrahlten, die noch ein gutes Stück vom Ende der Treppe entfernt war.

Er suchte die Gegend um die Insel in der Mitte ab und hoffte, eine Spur vom Werfer zu finden. Aber es war niemand zu sehen. Nur die Untervölkler auf den anderen Inseln bei der Arbeit.

Es war möglich, dass der Werfer aufgestanden war und es zurück zu einer der anderen Inseln geschafft hatte, während sie die Treppe hochgestiegen waren. Es war jedoch sehr unwahrscheinlich.

„Tal."

Es war Milla, die gerufen hatte. Sie winkte und bedeutete ihm damit, sich zu beeilen.

Tal sah weiter nach unten. Adras war neben ihm und sah ebenfalls hinab.

„Hübsche Farben", sagte Adras. „Wie im Regenbogen."

Tal konnte an dem geschmolzenen Kristall nichts Schönes finden. Nur die Erinnerung an eine krallenförmige menschliche Hand, die um Hilfe rang. Das letzte verzweifelte Ringen nach Hilfe von einem Menschen, der unter die brennende Oberfläche sank.

„Tal!"

„Ich habe noch nie jemanden sterben sehen", flüsterte Tal. „Nicht so. So plötzlich."

Milla kam mit gerunzelter Stirn zurück. Aber es war kein ärgerliches Stirnrunzeln.

„Der Tod ist das Ende eines Liedes", erklärte sie leise. „Aber er ist nicht das Ende *aller* Lieder. Hier ist ein Mensch gestorben. Irgendwo dort oben in eurem Schloss oder auf dem Eis wurde ein Kind geboren. Ein Lied endet, ein anderes beginnt."

Tal sah Milla an. Sie hatte ihn wieder überrascht.

„Hast du dir das gerade überlegt?"

„Nein", gab Milla zurück. „Ich habe es vor langer, langer Zeit gelernt. Los jetzt!"

• KAPITEL •
SECHS

Die Freivölkler führten sie durch ein weiteres Labyrinth aus engen Durchgängen, allesamt dunkel. Ein paar davon waren teilweise überflutet, daher mussten sie wieder waten. Andere standen voller längst vergessener Kisten und Fässer, die vor sich hin faulten. Von Zeit zu Zeit leuchtete ein Fleck fluoreszierenden Mooses in der Dunkelheit auf und einmal flimmerte ein Sonnenstein hoch oben an der Wand – ein sterbender Stein.

Andere Untervölkler waren nicht zu sehen und es war klar, dass die Wege, die Crow gewählt hatte, kaum von jemandem benutzt wurden. Mehr als einmal zögerten Clovil und Ferek an einer Tunnelgabelung und mussten eine kurze Besprechung mit Crow abhalten, bevor es weiter ging.

Nach ein paar Stunden stiegen sie eine roh in den Fels gehauene Treppe hinunter und kamen in eine Höhle mit sandigem Boden. Crow führte sie bis zur Mitte und erklärte, dass es jetzt eine Ruhepause geben würde.

„Wir brauchen keine Pause", sagte Milla. „Wir müssen uns mit Ebbitt treffen. Dann muss ich weitergehen."

Tal schwieg. Er brauchte sehr wohl eine Pause. Sein Bein schmerzte und er wollte es mit heilendem Licht behandeln. Er setzte sich dankbar auf einen der Steine, die Crow ihm in der Mitte der Höhle gezeigt hatte und streckte das Bein aus.

Die anderen blieben ein paar Spannen entfernt stehen. Adras glitt neben Tal und imitierte ihn, indem er sein aufgeplustertes Bein ausstreckte.

„Mein Bein tut auch weh", sagte er.

Odris kam herüber, um es sich anzusehen, während sich Tal auf seinen Sonnenstein konzentrierte, um das blaue Leuchten der Heilung zu erzielen. Es war nicht so wirkungsvoll wie der volle blaue Strahl, aber es würde wenigstens den Schmerz lindern.

Tal achtete nicht darauf, was die anderen taten. Er konzentrierte sich auf seinen Stein. Milla diskutierte mit Crow über die Verzögerung, während die anderen Freivölkler sich hinter ihn gestellt hatten. Nur Inkie war zur anderen Seite der Höhle gegangen und betrachtete dort anscheinend die Höhlenwand.

Tal war völlig unvorbereitet, als Crow Milla mitten im Satz so hart er konnte gegen die Brust stieß. Sie flog nach hinten und schaffte es, ihren Sturz in einen Halbsalto umzuwandeln. Als sie auf den Füßen landete, hatte sie ihr Messer bereits in der Hand.

Bevor sie etwas unternehmen konnte, rief Crow: „Jetzt!"

Doch noch bevor er gerufen hatte, hatte Inkie einen versteckten Hebel in der Wand gezogen.

Der Boden unter Tal öffnete sich und ließ Sand hinunter rieseln. Tal schrie auf und versuchte aufzuspringen, doch es war zu spät.

Die Mitte der Höhle war eine einzige Falltür. Tal fiel mit dem Sand hinunter, gefolgt von einem überrascht aufschreienden Adras.

Milla war schneller. Als sich der Boden zu bewegen begann, warf sie sich nach vorn und bekam den Rand der riesigen Falltür zu fassen. Doch sie musste ihr Messer fallen lassen. Odris flog hinter ihr her, packte sie an der Hüfte und hob sie mit Leichtigkeit auf festen Boden.

Crow griff sie sofort an, wobei Clovil und Gill rechts und links an seiner Seite standen. Ferek lief aufgebracht brüllend um die Öffnung der Falltüren herum.

Milla fing Crows Angriff mit einem Wirbelwind von Schlägen und Tritten ab. Crow wehrte überraschend viele davon ab, bis Milla schließlich seinen Arm zu fassen bekam und Crow herumriss, damit er einen Schlag von Clovil abbekam.

Milla musste Crow loslassen, als Gill versuchte, sie bei den Knien zu packen und in das Loch zu stoßen. Doch Milla sprang ihr aus dem Weg und trat so fest zu, dass Gill ohnmächtig wurde.

„Odris!", rief sie. „Angriff!"

„Aber Adras ist da hinunter gefallen", sagte Odris und zeigte auf das Loch. Sie griff nicht an.

Milla heulte wütend auf. Crow und Clovil umkreisten sie erschöpft. Ferek hatte sich zu Inkie zurückgezogen. Gill lag stöhnend auf dem Boden.

„Weshalb habt ihr das getan?", fragte Milla. „Wir hatten eine Vereinbarung."

„Man kann keinem Erwählten trauen", sagte Crow. Er zog ein langes, scharfes Messer hervor. Clovil sah ihn an und zog dann zögernd sein Messer.

„Was ist mit Ebbitt?", sagte Milla. Sie ließ den Blick keine Sekunde von den beiden messertragenden Gegnern. „Und eurer Crone? Eurem Anführer?"

„Was ich nicht weiß, macht mich nicht heiß", gab Crow zurück.

Clovil warf seinem Anführer einen Blick zu. Milla sah, wie unschlüssig er war.

„Jemand wird es sagen", sagte Milla. Crow lächelte und schob sich nach vorn, wobei er sein Messer langsam hin und her bewegte.

„Ich könnte dich gehen lassen", sagte er, „wenn du mir versprichst, einfach hier zu verschwinden. Wir werden dich zu den Heizungstunnels bringen. Du bist keine Erwählte.

Ich habe den, den ich wollte. Diesen Tal. Einmal ein Erwählter, immer ein Erwählter.“

„Wir müssen Adras helfen“, sagte Odris. „Er ist nicht wieder heraufgekommen.“

Milla dachte einen Augenblick nach. Sie spürte geradezu Odris’ Verlangen, hinunterzufliegen und nachzusehen, was mit Adras geschehen war.

Inkie bewegte sich. Und für den Bruchteil einer Sekunde war Milla abgelenkt.

Im selben Augenblick drehte Crow sein Messer herum und zeigte den Sonnenstein, der im Griff eingelassen war. Der Stein blitzte weiß auf. Milla und Odris schrien auf und schirmten ihre Augen ab.

Im gleichen Moment öffnete sich der Boden noch weiter. Milla fiel mit rudernden Armen und Beinen nach hinten. Mit einer Lawine aus Sand fiel sie in die Dunkelheit hinab. Odris flog ihr nach.

Über sich hörte Milla einen entsetzten Schrei und sah jemand anderen in den Sandrutsch stolpern.

Es war Gill. Sie war ebenfalls in den Abgrund geraten und fiel mit Milla und Odris nach unten.

• KAPITEL • SIEBEN

Es gab keinerlei Möglichkeit, den Sturz abzubremsen, obwohl Milla es schaffte, sich mit den Füßen voraus zu drehen. Und sie brachte ihren Sonnenstein zum Leuchten.

Während sie mit all dem Sand stürzte, konnte sie eine Art steiler Rampe ausmachen, auf der sie nach unten glitten. Die Falltür hatte sie bereits aus den Augen verloren – obwohl sie auch schon wieder geschlossen sein konnte.

Gill war zwanzig oder dreißig Spannen hinter ihr. Sie fiel mit dem Gesicht voraus und schrie die ganze Zeit.

Odris fiel auf den Rücken, die Arme und Beine weit ausgestreckt. Der Sturz schien ihr Spaß zu machen.

„Odris! Brems mich ab!“, rief Milla.

Dieses Mal gehorchte der Geistschatten. Odris plusterte sich noch mehr auf und drückte sich im Fall gegen den rutschenden Sand. Milla stemmte ihre Beine gegen die Schultern ihres Geistschattens und spürte, wie sie langsamer wurde. Ein paar Sekunden später packte sie Gill, als die an ihr vorbei stürzte.

Milla schloss sofort brutal einen Arm um Gills Hals und machte deutlich, dass sie das Mädchen nicht aus Höflichkeit aufgefangen hatte.

„Wohin führt dieser Schacht?“, fragte sie drohend. Der rutschende Sand machte eine Menge Lärm und tat weh. Sie würden nach ihrer Landung sicher ein paar Hautabschürfungen haben.

Gill hustete und spuckte. Sie konnte offensichtlich nicht antworten und hatte eine Menge Sand ins Gesicht bekommen. Milla beschränkte sich also darauf, das Mädchen festzuhalten. Fragen – und Antworten – konnten auch noch bis zur Landung warten.

Auf letztere mussten sie nicht lange warten. Die Rampe wurde plötzlich noch steiler und Odris stöhnte unter der zusätzlichen Anstrengung, die das Abbremsen jetzt forderte. Dann schossen sie plötzlich in einen freien Raum hinaus, hoch oben in einer riesigen Höhle.

„Odris!“, rief Milla noch einmal, als sie von den Schultern des Geistschattens rutschte und Gill aus dem Griff verlor. Sie stürzte jetzt auf einen Boden zu, der mehr als hundert Spannen entfernt war. Milla konzentrierte sich darauf, die Augen offen zu halten. Eiscarls sahen dem Tod immer mit offenen Augen entgegen.

Eine halbe Sekunde später packte Odris zu. In der anderen Hand hatte sie Gill, doch das Gewicht beider Mädchen gleichzeitig war zu viel. Sie konnte den Sturz nicht mehr bremsen und so ging der freie Fall ungestoppt weiter.

Ein paar Sekunden später schlugen sie auf.

Doch es war weder fester Stein oder Sand, sondern warmes Wasser. Mit einem gewaltigen Platschen tauchten alle drei unter und kamen wieder an die Oberfläche.

Milla spuckte einen Mundvoll Wasser aus und schwamm ein paar Züge im Kreis, um sich umzuschauen. Sie sah Gill, die hustete und plantschte, aber offensichtlich unverletzt war. Odris plusterte sich auf und stieg aus dem Wasser in die Luft.

Zuerst war keine Spur von Tal zu sehen. Dann sah Milla ein helles Sonnenstein-Licht vielleicht fünfzig oder sechzig Spannen entfernt und etwas höher oben.

„Hier drüben!", rief Tal. „Schnell!"

Milla spuckte noch mehr Wasser aus und begann zu schwimmen. Ihre Felle hatten sich beinahe gänzlich voll Wasser gesaugt, doch sie hatte in den warmen Teichen um den Rauchenden Berg gelernt, so zu schwimmen.

„Schnell!", wiederholte Tal noch einmal. Er klang verängstigt. Milla fragte sich, weshalb und sah sich um. Gill schwamm bereits so schnell sie konnte auf Tal zu. Odris schwebte unbesorgt über Milla.

Was sah Tal, das ihr verborgen blieb? Und was wusste Gill über diesen Ort, das sie veranlasste, so schnell zu schwimmen?

„Spinnen!“, rief Tal. „Schnell!“

Milla konzentrierte sich auf ihren Sonnenstein, ließ ihn heller leuchten und bewegte ihre Hand hinter sich. Sie ließ den Strahl über das Wasser scheinen. Es wurde in Form von zahllosen glitzernden Reflektionen zurückgeworfen – gruppenweise angeordnete Augen.

Wasserspinnen. Wasserspinnen, so weit das Auge reicht.

Milla drehte sich im Wasser um und begann zu schwimmen, so schnell sie konnte. Hinter ihr waren zu viele reflektierende Augen. Der ganze See war voller Wasserspinnen. Sie erinnerte sich an das, was Ebbitt über die Tiere erzählt hatte. Sie waren vielleicht halb so groß wie sie selbst und ihre kugeligen Körper mit dicker Haut waren sehr widerstandsfähig. Außerdem konnten sie sowohl auf dem Wasser gehen als auch darin schwimmen.

Und sie waren überaus giftig.

Milla schnappte nach Luft, sah einen Strahl aus rotem Licht über ihren Kopf hinwegschießen und irgendwo hinter ihr einschlagen. Sie hörte das Zischen von dampfendem Wasser und ein schreckliches Knackgeräusch. Es klang wie das Knacken der Knochenplanken eines Eisschiffs, das über unebenen Grund fuhr. Es dauerte einen Moment, bis ihr klar wurde, dass sie das Geräusch der vielgliedrigen Beine einer der Spinnen gehört hatte.

Die Spinnen liefen ihr mit wirbelnden Beinen auf der Wasseroberfläche nach. Tal versuchte, sie mit seinem Sonnenstein fern zu halten. Wieder schossen rote Strahlen über sie hinweg und wieder schoss Dampf hinter ihr in die Höhe. Doch das Klacken wurde ebenfalls lauter und trieb sie zu Höchstleistungen. Sie ruderte mit aller Kraft vorwärts.

Irgendwo unterwegs überholte sie Gill, die sich mit rudernden Armen und Beinen und vollkommen aus dem Rhythmus geraten abmühte, vorwärts zu kommen.

Milla verlangsamte ihr Tempo einen Moment und sah nach hinten. Rote Strahlen der Zerstörung aus Tals Sonnenstein schossen über die Wasseroberfläche und sandten Dampffontänen in die Höhe. Sie spürte die Hitze über sich. Im Licht der Strahlen konnte sie hunderte von Wasserspinnen sehen. Eine geschlossene Linie aus ihnen tanzte über die Wasseroberfläche. Sie schoben sich unermüdlich vorwärts, hielten bei Tals Strahlen kurz inne und gingen weiter.

„Odris!“, rief Milla. Sie konnte den Geistschatten nicht sehen, rief aber dennoch. „Hilf Gill!“

Etwas brach ganz in der Nähe aus dem Wasser hervor und Milla schlug beinahe danach, als ihr klar wurde, dass es Odris war.

„Da oben war es mir zu gefährlich“, sagte der Geistschatten und zeigte auf die roten Strahlen, die über ihre Köpfe hinweg zuckten. Odris griff nach Gill. Die schrie auf und tauchte einen Moment unter. Dann tauchte sie hustend wieder auf, als Odris sie halb aus dem Wasser zog.

Milla hielt sich ebenfalls an Odris fest. Sie hatte ihre untere Hälfte in einen starken Schwanz verwandelt, mit dem sie sich schneller vorwärts bewegen als Milla schwimmen konnte.

Doch das war nur wenig schneller als die Wasserspinnen. Gemeinsam erreichten sie schließlich das Ufer, an dem Tal in tiefster Konzentration kniete. Der Sonnenstein an seinem Ring leuchtete tiefrot und schoss alle paar Sekunden einen Strahl ab. Adras beugte sich vor und zog Gill an Land, während Milla, die Odris' Schulter als Treppe benutzte, auf die Beine sprang.

„Zu viele!", keuchte Tal. Er schwenkte seine Hand über die ganze Breite des Ufers, um mit einem konstanten roten Strahl eine Dampfwand zu erzeugen. Wasserspinnen fielen klappernd und platschend zurück.

Einen Augenblick lang krabbelten dennoch noch mehr von ihnen ans Ufer und Tal musste sie abschießen.

Das Ufer war nur ein schmaler Felssims an der Wand der Höhle. Er war höchstens fünf oder sechs Spannen tief. Dahinter verlief ein Korridor in die Höhlenwand hinein, doch der war von einem Rost aus goldenem Metall verbarrikadiert: ein schweres Gitter aus überkreuzten Stangen, dessen Maschen so eng waren, dass nichts und niemand hindurchkriechen konnte.

„Odris! Adras! Helft mir, das zu öffnen!", rief Milla. Sie zog an den Streben und versuchte, das Gitter zu heben. Doch es bewegte sich keinen Millimeter.

Die beiden Geistschatten schwebten herüber, um ihr zu helfen. Doch als ihre Hände auf das goldene Metall trafen, fuhren sie geradewegs hindurch. Sie konnten es nicht greifen.

„Aaaaahhh!“

Tal hatte geschrien.

Milla wirbelte herum und sah, wie eine große, aufgeschwemmte Spinne Tal geradewegs ansprang. Er fiel zurück und ihre acht haarigen Beine legten sich vollständig um ihn. Eine Sekunde später schlug sie mit zweien ihrer riesigen Klauen nach seiner Brust. Gift tropfte heraus, als sie die Klauen wieder zurückzog.

Milla lief hin und trat der Spinne in ihren widerlichen, geschwollenen Unterleib, bis sie ihre Beine zurückzog und Tal sich unter ihr hervor rollen konnte. Dann wirbelte Milla auf dem Absatz herum und trat wieder zu; die Spinne flog geradewegs in zwei andere Wasserspinnen.

„Adras! Odris! Hilfe!“

Jetzt, da Tals Rote Strahlen der Zerstörung sie nicht mehr abhielten, schwärmten die Wasserspinnen ans Ufer. Milla stand tretend und schlagend über Tals Körper. Die Geistschatten standen neben ihr und schlugen mit wirbelnden Armen die Spinnen zurück ins Wasser.

Gill hielt sich an dem Gitter fest und schrie um Hilfe.

Doch es kam keine Hilfe. Es kamen nur noch mehr Spinnen.

• KAPITEL • ACHT

Mit Hilfe der beiden Geistschatten schaffte es Milla, den Angriff der Spinnen zurückzuschlagen und Tal zu dem Gitter zu zerren, damit sie den Rücken frei hatten. Doch als sich die Wasserspinnen schließlich zurückzogen, war klar, dass es nur eine vorübergehende Angriffspause war. Sie kletterten die Wand hoch und webten klebrige Netze über ihnen.

„Gleich werfen sie die Netze auf uns herunter", sagte Milla, als sie die Spinnen beobachtete. „Sie werden dann von oben und von vorn gleichzeitig angreifen. Gill! Wie öffnet man dieses Gitter?"

„Von außen", schluchzte das Mädchen. „Crow wird kommen und uns holen."

Milla zog eine Grimasse und sah zurück auf die Masse an Spinnen. All die glänzenden Augen reflektierten das Licht ihres Sonnensteins. Wenn sie doch nur wüsste, wie man den

Roten Strahl der Zerstörung schaffen konnte oder irgendeine andere Lichtmagie, von der Tal ihr erzählt hatte. Noch besser wäre natürlich ihr Merwin-Horn-Schwert oder eine Kampfaxt der Eiscarls. Dann würden die Wasserspinnen Abstand halten.

Doch sie hatte nichts als ihre Fäuste und Füße. Sogar ihr Messer hatte sie verloren.

Plötzlich kam ihr etwas in den Sinn: Die anderen Freivölkler hatten Messer gehabt. Also vielleicht auch Gill.

„Gill, gib mir dein Messer", befahl sie. Das Freivölkler-Mädchen schrie noch immer durch die Streben des Gitters, sodass Milla zweimal rufen musste. Wie betäubt zog Gill schließlich ein langes, dünnes Messer aus ihrem Stiefel und gab es Milla.

Sie lächelte und befühlte es. Die Klinge war scharf, aus Metall und glänzte im Licht heller als die Augen der Spinnen.

Sie würde die Biester für ihr verlorenes Eiscarl-Leben gehörig zur Kasse bitten. Mit ihren Schlägen und Tritten hatte sie bislang noch keine der Spinnen umbringen können, doch mit dem Messer würde sie es schaffen.

„Zehn", flüsterte sie. Das schien ihr genug als Bezahlung für ihr eigenes Leben. „Und fünf für Tal."

Die Wasserspinnen hingen jetzt beinahe direkt über Milla. Ein dünnes Netz aus Spinnenseide fiel auf ihre Schultern und die erste Reihe der Spinnen begann klackend in Formation auf sie zuzukrabbeln. Ihre furchtbaren, haarigen Beine hoben und senkten sich in fast perfektem Zusammenspiel, als sie sich vorwärts schoben. Von ihren Fängen tropfte das Gift herab.

Ihre Augen, dachte Milla. Sie musste ihnen in die Augen stechen.

„Adras, Odris. Ich möchte, dass ihr jede Spinne vor mir festhaltet, damit ich zustechen kann. Dann werft sie weg und packt die nächste."

„Ich bin so müde", gähnte Adras. „Sehr müde."

„Nicht jetzt!", rief Milla. Doch noch während sie sprach, rutschte der große Geistschatten an der Wand herunter und breitete sich neben Tals reglosem Körper auf dem Boden aus.

„Adras!", rief Odris und glitt ebenfalls zu Boden, um nachzusehen, was mit ihm los war.

Die Spinnen wählten genau diesen Augenblick für ihren Angriff. Dutzende von ihnen schossen nach vorn, liefen sich gegenseitig über den Rücken und verhedderten sich in ihrer Gier, ihr Opfer zu fassen. Andere ließen sich einfach herunterfallen oder schwangen sich an Netzen heran.

Milla stieß ihren Kriegsschrei aus und Gill brüllte etwas Unverständliches – als die Wasserspinnen plötzlich innehielten und sich zurückzogen. Milla sah ungläubig zu, wie sie bei ihren Rückzugsanstrengungen übereinander stolperten.

Ihr Kriegsschrei war doch nicht etwa so wirkungsvoll gewesen?

Einen Augenblick später war sie von einer dichten Wolke aus faulig stinkendem Dunst umgeben. Es war ein Geruch, an den sie sich erinnerte – in Zusammenhang mit einer gelben Creme.

Ebbitts Wasserspinnen-Schutzmittel.

Sie drehte sich um. Das Gitter war offen und Ebbitt stand mit seinem bemähnten Geistschatten da. Der alte Mann trug ein kleines Fass mit einer Pumpeinrichtung unter dem Arm. Er war angestrengt damit beschäftigt, überall sein Schutzmittel hinzusprühen.

Gill schleppte Tal durch das Gittertor und Odris zerrte Adras mit.

„Schnell, schnell, das Tor schließt sich gleich wieder", sagte Ebbitt eindringlich. Milla lief schnell hindurch. Ebbitt folgte ihr, noch immer sprühend. Als er hindurch war, rumpelte das Gitterrost herunter.

„Eine Spinne hat Tal gebissen", sagte Milla. „Ich konnte sie nicht abhalten."

„Davon gehe ich auch nicht aus." Ebbitt schien nicht sonderlich besorgt zu sein. „Sie beißen übel zu, wenn sie in Laune sind. Und das ist eigentlich meistens so. Du und die junge Gillimof werden ihn tragen müssen."

„Ich habe Euch gesagt, Ihr sollt mich nicht so nennen!", protestierte Gill.

Milla wollte Ebbitt gerade fragen, woher er ihren Aufenthaltsort gewusst hatte. Dann sah sie Crow und die anderen Freivölkler neben einem großen Rad stehen, mit dem offensichtlich das Gitter geöffnet und geschlossen wurde. Sie schob sich sofort an Ebbitt vorbei, das Messer bereit zu einem wilden Hieb.

„Verräter!“

Bevor sie Crow erreichte, sprang Ebbitts Geistschatten zwischen die beiden. Ein gleißender Ring aus indigofarbenem Licht legte sich um Millas Brustkorb und zog sie zurück.

„Lass mich los!“, brüllte Milla. „Er hatte versprochen, uns zu dir zu bringen und hat uns dann zu den Wasserspinnen hinuntergeworfen!“

„Das machen wir immer, wenn wir verdächtige Besucher bekommen“, sagte Crow unbeschwert. „Und mit allen Erwählten. Wir können sie den Wasserspinnen vorwerfen, wann immer wir wollen.“

„Das stimmt“, sagte Ebbitt. „Eine Vorsichtsmaßnahme, auf die der Anführer des Freivolks besteht. Leider war der blaubuschige Blumenwürger hier etwas langsam, mir den Besuch mitzuteilen.“

„Crow!“, korrigierte Crow ihn und berührte die schwarzen Federn an seinem Hut. „Ihr wisst, dass ich Crow heiße!“

„Was ist mit Tal?“, fragte Milla. „Ich sagte doch, dass er von einer Spinnen gebissen wurde.“

„Und mit Adras ist auch etwas geschehen!“, fügte Odris hinzu. „Ich kann ihn nicht aufwecken!“

Ebbitt spähte zu Odris, die ihren Geistschatten-Begleiter über den Schultern liegen hatte. Zunächst sah er sie mit beiden Augen an, dann schloss er das rechte. Als Nächstes versuchte er, nur mit dem rechten Auge zu schauen und dann schloss er beide Augen.

Schließlich öffnete er wieder beide Augen. „Sturmhirten? Und in freier Begleitung, nicht gebunden?“

„Ja“, sagte Odris.

„Na ja, da werden ja eine Menge Erwählter bibbernd herumlaufen, wenn sie von euch hören!“, rief Ebbitt. „Jetzt macht euch keine Sorgen um Tal und … äh … Pladros. Das Spinnengift ist nur ein schwach wirksames Soporifikum und die Schreivölkler haben ein Gegengift.“

„Es heißt Freivolk, nicht Schreivolk!“, korrigierte Crow ihn.

„Was ist ein Soporifikum?“, fragte Milla. Sie kannte das Wort nicht, obwohl sich vieles in der Eiscarl- und der Erwähltensprache glich.

„Etwas, das einen einschlafen lässt“, erklärte Ebbitt. „Es kann ein Mittel oder etwas anderes sein, so wie in dem Satz ‚Die Märchen über Blauwürgers Heldenhaftigkeit sind extrem soporifisch‘.“

Gill und Clovil lachten, verstummten aber sofort, als sie Crows giftigen Blick sahen.

„Los jetzt", sagte Ebbitt und klatschte in die Hände. „Milla und Gill, ihr könnt Tal tragen. Wir müssen zum Versteck der Schreivölkler gehen. Ich meine, das Gedeck der Breivölkler. Also, die Festung der Freivölkler. Oh, wo ist eigentlich der Kodex? Unter deinem Mantel vielleicht? Wir brauchen ihn für das Treffen."

„Er ist oben im Mausoleum", gab Milla zurück. „Wir mussten ihn dort verstecken. Er war zu groß, um ihn herumzutragen."

Ebbitt hielt inne und ein Ausdruck echter Verwunderung kam über sein Gesicht.

„Du meinst, ihr habt ihn zurückgelassen? Er ist das einzige Ding, das wir wirklich brauchen! Ihr hättet lieber euch selbst zurücklassen sollen!"

„Wir haben ihn aus Aenir mitgebracht und das war alles andere als leicht", verteidigte Milla sich. „Aber wir haben ihn versteckt. Er wird noch immer im Mausoleum sein."

„Nein, nein, nein, nein, wird er nicht!", kreischte Ebbitt. Er begann an Ort und Stelle auf und ab zu springen. „Er kann sich aus eigener Kraft im Schloss umher bewegen, wenn nicht gar weiter. Er wird davonlaufen! Er könnte überall sein!"

„Er war zu groß zum Tragen!", sagte Milla wütend. „Wir hatten Glück, selbst davongekommen zu sein. Außerdem ist mir das egal. Ich will nur zu meinem Volk zurück."

„Er kann schrumpfen“, sagte Ebbitt traurig. „Ihr hättet ihn tragen können. Oder ihn bitten, euch zu folgen.“

„Das ist mir egal“, sagte Milla. „Ich werde mithelfen, Tal zur Festung der Freivölkler zu tragen und dann werde ich gehen. Ich gehe zurück auf das Eis.“

• KAPITEL •
NEUN

Die Freivölkler-Festung, wie Ebbitt sie nannte, lag auf der anderen Seite einer tiefen Spalte, die bis hinunter zu den Lavaseen reichte, die die Erwählten vor langer Zeit für ihr komplexes Heizungssystem aus Dampf und heißem Wasser angezapft hatten. Als sie sich dem Rand der Spalte näherten, konnte Milla die Hitze spüren, die aus der rotglühenden Tiefe aufstieg.

Der einzige Weg über den fünfzig Spannen breiten Abgrund war eine schmale provisorische Brücke, die einen überaus instabilen Eindruck machte. Die Grundkonstruktion der Brücke bestand aus zwei Seilen aus demselben goldenen Metall wie das Ruinenschiff. Doch alle Planken und das Geländer waren aus Kristall, Metall und allerhand gesammelten Materialien, die man leicht abmontieren konnte, damit die Brücke nahezu unpassierbar wurde.

Glücklicherweise schien sie stabil genug zu sein, als sie

sie überquerten, obwohl Milla genau Acht gab, wohin sie trat. Außerdem wollte sie sich nicht zu sehr auf das Geländer stützen. Sie und Gill trugen Tal, sodass es nur sehr langsam voranging. Odris trug Adras und beschwerte sich alle zehn oder zwölf Schritte darüber.

Ebbitt ging auf seine eigene, seltsame Art und Weise voraus. Er blieb immer wieder stehen, drehte sich um oder ging plötzlich in die Hocke, um einfach so ins Leere zu starren. Sein bemähnter Geistschatten sah ihm dabei voller Bewunderung zu, immer gefasst und ruhig.

Auf der anderen Seite der Spalte gingen sie durch einen schmalen, verwundenen Tunnel. Milla fiel eine Reihe von Löchern in der Decke auf. Wahrscheinlich wurden sie dazu benutzt, um Steine auf Eindringlinge zu werfen – oder heiße Flüssigkeit über sie zu schütten. Durch die Spalte und diesen schmalen Gang waren die Freivölkler gut abgesichert. Obwohl Milla bezweifelte, dass das gegen entschlossene Erwählte mit all ihrer Sonnenstein- und Geistschatten-Magie etwas nutzte.

Da Tal das Freivolk noch nie erwähnt hatte, ging Milla davon aus, dass die Erwählten entweder nichts von den Untervolk-Rebellen wussten oder dass sie ihnen gleichgültig waren, solange sie nicht allzu viel Schwierigkeiten machten.

Der schmale Tunnel öffnete sich in eine riesige Höhle, die einen Durchmesser von mindestens drei- oder vierhundert Spannen hatte und mehr als hundert Spannen hoch war. Ein paar alte, rosafarben leuchtende Sonnensteine schienen von der hohen Decke herunter und erzeugten etwas, das an die Dämmerung von Aenir erinnerte.

In der Mitte der Höhle standen sechs oder sieben eher heruntergekommene Hütten neben einer großen, offenen Quelle. Klares Wasser lief am Rand der Quelle in einen Abfluss. Ein paar Eimer waren daneben ineinander gestapelt und in einem kleinen Schuppen hinter den Hütten gab es einen Stapel aus Fässern, Kisten und anderen Behältern.

Es sah nicht besonders beeindruckend aus. Sicherlich nicht wie eine Festung.

„Die Festung der Freivölkler", sagte Ebbitt mit einer großen Geste. „Oder Zeitweiliges Schürflager Vierzehn, wie es vor vielen, vielen, *vielen* Höhlenschaben-Leben genannt wurde."

„Wohin bringen wir Tal?", fragte Milla. Der Junge war schwer und – obwohl sie es natürlich niemals zugeben würde – sie war müde.

„Oh, ich glaube, wir können ihm das Gegengift hier oder sonst wo geben", sagte Ebbitt. Er holte ein kleines Röhrchen aus einer der tiefen Taschen seiner vielschichtigen Robe und fügte hinzu: „Legt ihn hin und haltet seinen Kopf."

„Du hast das Gegengift dabei?", fragte Milla. „Die ganze Zeit schon? Weshalb hast du es ihm nicht früher gegeben?"

„Weil der arme Junge auf jeden Fall seine Ruhe brauchte", sagte Ebbitt und setzte sich neben seinen Großneffen.

Milla schüttelte den Kopf. Sie wusste, dass es überhaupt keinen Sinn hatte, mit Ebbitt zu streiten. Er war wie ein paar der älteren Cronen. Sein Verstand war irgendwo jenseits der Grenzen unterwegs, hinter die kein Eiscarl – oder Erwählter – sehen konnte.

Milla und Gill legten Tal auf den Boden und hielten seinen Kopf etwas aufrecht. Ebbitt beugte sich vor, öffnete den Mund des schlafenden Jungen mit zwei Fingern, träufelte den Inhalt des Röhrchens hinein, hielt ihm die Nase zu und sagte: „Schüttelt ihn ein wenig hoch und herunter."

Milla und Gill folgten der Anweisung. Zuerst geschah gar nichts, doch dann hustete Tal. Dem Husten folgte ein Niesen, das allerdings von Ebbitts klemmenden Fingern unterdrückt wurde. Dann öffnete Tal langsam die Augen. Er war erschöpft, aber er konnte allein stehen.

Im selben Augenblick wurde Adras wach und setzte sich auf. Er kratzte sich am Kopf.

„Weshalb hast du mich aufgeweckt?", fragte er Odris missgelaunt. „Ich hatte so einen tollen Traum. Ich habe Blitze auf Motten abgefeuert und jedes Mal, wenn ich eine traf, explodierte sie in Rauch und Funken …"

Odris gab ihm eine Ohrfeige. Die Berührung von Schattenfleisch auf Schattenfleisch machte einen seltsames Raspelgeräusch.

„Ich dachte, du stirbst", sagte sie. „Und du machst dir Sorgen wegen eines dummen Traumes!"

„Wo sind wir?“, fragte Tal. Seine Stimme war dünn und er fühlte sich furchtbar. Ihm war schlecht und er zitterte.

„In der Festung der Freivölkler“, sagte Ebbitt.

„Der Höhle des Freivolks“, sagte Crow gleichzeitig. „Nennt sie bei ihrem richtigen Namen.“

Er schob Ebbitt beiseite und ging auf die größte Hütte zu. Inkie tippelte hinter ihm her. Clovil und Ferek zögerten, folgten dann aber ebenfalls. Gill blieb zurück.

Als sich Crow der Hütte näherte, öffnete sich die Tür und zwei erwachsene Männer in bemalten Untervolk-Roben kamen heraus. Einer war recht alt – vielleicht so alt wie Ebbitt, aber viel kleiner und er sah ziemlich verschrumpelt aus. Der andere Mann war vielleicht so alt wie Tals Vater Rerem, obwohl er viel stärker gebaut war. Er sah aus wie die Untervölkler, die die schweren Lastarbeiten im Schloss durchführten. Allein sein Oberkörper war beinahe doppelt so breit wie Tals. Er hatte langes, schwarzes Haar.

Als Tal den jüngeren der beiden Männer so ansah, wurde ihm klar, dass er mit Crow verwandt sein musste. Vielleicht war er sogar dessen Vater. Ihre Gesichter besaßen eine auffällige Ähnlichkeit und obwohl Crow körperlich noch nicht so stark war, gab es Zeichen dafür, dass er es eines Tages sein würde.

Crow hob seine Hand zu einem zeremoniellen Grußzeichen, doch nur der ältere Mann winkte zurück. Tal sah überrascht, wie Crow sich vorbeugte, um seinen muskulösen

Verwandten zu umarmen, der jedoch die Umarmung nicht erwiderte.

„Wir haben vier Gefangene mitgebracht", sagte Crow zu dem älteren Mann so laut, dass Tal und Milla es ohne Anstrengung hören konnten. „Zwei Erwählte und zwei Geistschatten."

„Ich bin keine Erwählte", erklärte Milla. „Und ich bin *keine* Gefangene."

Tal sagte kein Wort. Ihm war nicht nach reden zumute. Außerdem hatte er bei seiner Begegnung mit den Eiscarls gelernt, dass Schweigen das Klügste war, was man angesichts einer neuen Begegnung tun konnte.

„Ich auch nicht", sagte Odris. „Und Adras auch nicht."

„Was bin ich nicht?", fragte Adras. Er rieb sich den Bauch und hatte offensichtlich nicht zugehört.

„Ein Gefangener", sagte Odris. „Du bist von niemandem ein Gefangener!"

„Klar." Adras sah zu Tal hinüber und sagte: „Kannst du nicht versuchen, dich etwas besser zu fühlen? Wegen deines Schattens ist mir schlecht. Und er hat mich schon einmal schläfrig gemacht."

„Das ist der Spinnenbiss", erklärte Tal. „Also warst du auch bewusstlos?"

„Und ich habe geschlafen", gab Adras zurück. „Ich bin im gleichen Moment wie du umgekippt."

Crow und die anderen Freivölkler redeten mit den alten

Männern, aber Tal achtete nicht darauf. Er war zu interessiert daran, was Adras gerade gesagt hatte.

„Ich frage mich, ob dieses Spinnengift …", sagte er laut. Er drehte sich zu Ebbitt. „Onkel Ebbitt? Könnte meine Mutter krank sein, weil sie mit dem Gift der Wasserspinnen vergiftet wird?"

Ebbitt kratzte sich am Kopf und entdeckte einen blauen Wachsstift, der sich irgendwann dort verheddert hatte. Er sah ihn verwirrt an und sagte: „Ja. Daran habe ich noch gar nicht gedacht! Ich weiß nicht, wie man den Spinnen das Gift abnehmen könnte. Aber konstante kleine Dosen würden einen schläfrig machen und bei regelmäßiger Anwendung ein Koma hervorrufen. Ja, das erklärt die Symptome. Aber wie melkt man die Spinnen? Ich nehme an, es handelt sich um eine Art Gurtsystem und einen Vakuum-Apparat. Gute, dicke Handschuhe, um den Kreaturen damit einen überzubraten …"

Seine Worte wurden zu einem Murmeln, während er weiter laut nachdachte.

„Gref muss auch vergiftet worden sein", sagte Tal. Er dachte jetzt in rasendem Tempo nach, war er doch plötzlich auf etwas aufmerksam geworden. Sowohl seine Mutter als auch Gref mit dem Serum der Wasserspinnen vergiftet … Sushin musste Zugriff auf die Spinnen haben. Vielleicht hatte er sogar irgendwo zahme Spinnen.

Tal schauderte bei dem Gedanken an Sushin, der sich

Wasserpinnen hielt. Doch er war auch plötzlich wieder voller Hoffnung. Jetzt, da er einen Verdacht hatte, was mit Graile und Gref geschehen war, konnte er vielleicht das Gegengift für sie besorgen.

Seine Gedanken wurden von Crow unterbrochen, der etwas rief und zu einer der anderen Hütten davonmarschierte. Er öffnete wütend die Tür, ging hindurch und schlug sie so fest hinter sich zu, dass etwas Staub von der Decke der Höhle rieselte.

Die beiden Männer sahen ihm dabei zu. Dann kam der ältere Mann zu Tal. Der schwarzhaarige Gigant folgte ihm dichtauf. Als sie näher kamen, fiel Tal auf, dass ihm der Anführer bekannt vorkam, wenn er ihn auch noch nie in den Roben eines Untervölklers ... oder vielmehr Freivölklers gesehen hatte.

„Grüße, Tal und Milla, Odris und Adras", sagte der Mann. Als Tal die tiefe, wohlklingende, lebhafte Stimme hörte, die aus dem kleinen Körper drang, wurde ihm klar, wo er den Mann schon einmal gesehen hatte.

„Ich heiße Jarnil und bin der Anführer des Freivolks", sagte der alte Mann.

Tal blinzelte. Er kannte diesen Mann mit vollem Namen. Es war seine Brillanz Jarnil Yannow-Kyr vom Indigo-Orden, der ehemalige Oberlektor. Tal hatte als kleiner Junge Unterricht bei ihm gehabt.

Und er war seit mindestens fünf Jahren tot.

• KAPITEL •
ZEHN

Tal erinnerte sich noch genau daran, wie ihnen im Lektorium der Tod des Oberlektors verkündet worden war. Ein tödlicher Unfall, hatten sie gesagt, ohne jegliche Details preiszugeben. Da aber ein tödlicher Unfall für einen Erwählten etwas ziemlich Ungewöhnliches war, hatten die Kinder noch einige Zeit davon gesprochen und versucht, den Grund herauszufinden.

„Ihr müsstet eigentlich tot sein!“, brach es aus Tal hervor.

Jarnil lächelte, doch es war ein bitteres Lächeln, das seine Augen nicht erleuchtete.

„Das war die Geschichte, die sie verbreitet haben“, sagte er. „Sie war beinahe wahr.“

Er hob seinen Arm und Tal sah, dass Jarnils Hand unkontrolliert zuckte, so als hätte sie ein Eigenleben.

„Man brachte mich zu einem Ort …, den du kennst“, sagte Jarnil. „Nachdem Fashnek mit mir fertig war, wurde mein Körper – von dem sie annahmen, dass er tot war – zum Untervolk geworfen, damit sie ihn entsorgten. Das war Fashneks Fehler, denn ich war zwar am Sterben, aber noch nicht tot.

Ein paar der Untervölkler, die mich kannten, arbeiteten bei der Leichenentsorgung. Sie brachten mich hier her und pflegten mich … na ja, man kann es gesund nennen. Ich habe dann jahrelang im Geheimen die Aktivitäten der Untervölkler und der Erwählten koordiniert, die das Leben im Schloss ändern wollen."

„Was meint Ihr damit, Untervölkler und Erwählte, die das Leben im Schloss ändern wollen?", fragte Tal. Diese Vorstellung erschreckte ihn. Er wollte überhaupt nichts ändern. Er wollte, dass alles wieder zur Normalität zurückkehrte. Er wollte, dass sein Vater wieder zu Hause, seine Mutter wieder gesund und Gref und Kusi bei ihnen waren. Natürlich mussten sich die Dinge in Bezug auf das Untervolk – und die Eiscarls – ändern. Aber vielleicht konnte es ja eine langsame Veränderung werden. Doch während Tal darüber nachdachte, wurde ihm klar, dass es dazu bereits zu spät war. Alles war bereits in Veränderung begriffen und er musste sich wohl eher daran gewöhnen.

„Genau das", sagte Jarnil. „Das hier ist übrigens Bennem."

Bennem gab eine Art Grunzen von sich und deutete ein Nicken an. Er schien ebenso freundlich wie Crow zu sein. Jetzt, da er ihn aus der Nähe sah, dachte Tal, dass er nicht alt genug war, um Crows Vater sein zu können. Vielleicht war er ein älterer Bruder.

Jarnil redete weiter und führte sie zu der nächst gelegenen Hütte. Überraschenderweise führte hinter der Tür eine Treppe hinunter in einen bequemen, von Sonnensteinen beleuchteten Kellerraum, viel größer als die Hütte darüber. Ein dicker roter Teppich in der Mitte des Raumes war umgeben von niedrigen, weiß-goldenen Kissen. Jarnil setzte sich und bedeutete den anderen, sich ebenfalls zu setzen. Alle kamen der Aufforderung nach – außer Ebbitt, der außerhalb des Kreises umher ging. Die Geistschatten schwebten an die Decke und umkreisten den dort angebrachten Sonnenstein.

„Wo war ich?", fuhr Jarnil fort. „In den Krügen dort ist Süßwasser. Bedient euch. Ah ja. Es gab schon immer Erwählte, die der Meinung waren, dass sich das Untervolk gar nicht von ihnen unterscheidet – abgesehen von ihrer Geburt. Weshalb sollte man ihnen das Wissen über Sonnenstein-Magie und Aenir vorenthalten? Wir nennen uns die Gleichgestellten des Lichts. Ähnlich wie bei uns gab es schon immer Untervölkler, die den Umstand in Frage stellten, dass sie Diener der Erwählten sind. Obwohl sich ihre Ziele, nun ja, etwas unterscheiden, nennen sie alle sich das Freivolk. Zusammen hoffen wir, die Dinge derart verändern zu können, dass ein fähiger Untervölkler zu den Roten aufsteigen und ein Erwählter werden kann."

„Aber Ihr werdet dennoch Eure Thralls haben", sagte Milla. Die Art wie sie es betonte, zeigte, dass sie nicht viel von den Gleichgestellten des Lichts hielt.

„Thralls?", fragte Jarnil.

„Sklaven", gab Milla zurück.

„Nein, nein", sagte Jarnil. „Du verstehst nicht. Wir können nicht alles ändern. Veränderungen müssen langsam vor sich gehen. Wir sind der Imperatorin immer noch ergeben. Alles, was wir wollen, ist, das Untervolk auszubilden und sie zu prüfen. Diejenigen, die das Potenzial haben, um Erwählte zu werden, steigen auf. Dann können sie ihren Aufstieg bis zu den Violetten beginnen."

Tal schüttelte den Kopf. Das klang alles wie die Theorie eines Lektors, keineswegs aber praktisch. Ihm war schon jetzt klar, dass das nicht funktionieren würde.

„Weshalb brachte man Euch in den Saal der Albträume?", fragte er.

Jarnil hustete und er errötete leicht.

„Ich habe ... äh ... zwei schwere Fehler bei einer Entscheidungsfindung gemacht", sagte er schnell. „Es gestaltete sich schwierig und langwierig, Mitglieder für die Gleichgestellten des Lichts unter den Erwählten zu finden, also hatte ich Kontakt mit ein paar isolierten Gruppen von Freivölklern in den unteren Ebenen aufgenommen. Ich beschloss, meinen Plan über die Beförderung von Untervölklern der Imperatorin vorzutragen. Mein erster Fehler war, dass ich meinen Plan in allen Details dem Dunklen Vizier erzählte. Er nahm nämlich mein erstes Ersuchen nach einer Audienz mit Ihrer Majestät auf. Man gewährte mir eine Audienz für den nächsten Tag, aber noch in derselben Nacht wurde ich abgeholt …“

Seine Hände zuckten plötzlich noch mehr und er hatte Schwierigkeiten, der Worte Herr zu werden.

„Zum Saal der Albträume.“

„Der Dunkle Vizier?“, fragte Tal. Davon hatte er noch niemals gehört. „Wer ist das?“

„Was bringen sie euch heutzutage im Lektorium denn bei? Der Dunkle und der Helle Vizier dienen schon seit jeher der Imperatorin, einer am Tag und einer bei Nacht. Der Helle Vizier ist traditionell für Zeremonien und Feiern zuständig, während der Dunkle Vizier sich um weniger erfreuliche Dinge kümmert – solche, die man am besten ungesehen in der Dunkelheit geschehen lässt. Die Identität des Dunklen Viziers wurde immer geheim gehalten. Er oder sie lebt in der Verkleidung eines Erwählten niedrigeren Ranges, bekleidet in Wirklichkeit jedoch den höchsten Rang im Violetten Orden. Wie es die Tradition verlangt, traf ich den Dunklen Vizier in einem Raum, in dem ich in brillantestem Licht und er in Dunkelheit stand. Dort machte ich meinen zweiten Fehler …“

„Und der war?“, fragte Tal, als Jarnil innehielt und in die Ferne starrte.

„Ich habe mich noch einmal umgesehen, als ich ging“, sagte Jarnil. „Der Dunkle Vizier war unachtsam. Er kam halb aus dem Schatten und das Licht fiel auf sein Gesicht. Ich erkannte ihn und war so dumm, es zu zeigen.“

„Wer war es?“, fragte Tal.

„Ich glaube, das weißt du sehr gut“, sagte Jarnil. „Jemand, der im Namen der Imperatorin spricht, der ihre Garde kommandiert, der andere Erwählte nach seinem Willen handeln lässt und all das ohne das Wissen Ihrer Majestät.“

„Sushin!“, stieß Tal hervor. „Aber weshalb macht er das? Was will er denn erreichen?“

„Gute Frage“, kam Ebbitt dazwischen. „Sehr gute Frage. Wenn du die Antwort gefunden hast, lass es mich wissen.“

„Wir kennen Sushins Motive nicht“, sagte Jarnil. „Oder zumindest nicht alle. Aber er arbeitet offensichtlich seit vielen Jahren auf ein böses Ziel hin. Ich glaubte einst, ihn gut zu kennen. Doch seit meinem ‚Verschwinden‘ wurde er eigenartig und veränderte sich immer mehr. Er ist jetzt anders, als er früher war.“

„Er ist kein Mensch“, sagte Milla. Ihr war plötzlich wieder das Bild des lachenden Sushin eingefallen, der das Merwin-Horn-Schwert in seiner Brust stecken hatte. „Ich glaube, dass ein Geistschatten in seinem Fleisch lebt. Ein alter Schatten, der den längst vergangenen Krieg zwischen Eurer Welt und Aenir nicht vergessen hat. Ein Schatten, der den

Schleier senken und die Dunkelheit abschaffen will, die uns beschützt. Dessen bin ich mir sicher und ich werde es den Cronen berichten. Was die Eiscarls tun müssen, das werden sie tun. Ich muss zurück aufs Eis.“

• KAPITEL •
ELF

Millas Worte wurde schweigend zur Kenntnis genommen. Doch es war eher ein ungläubiges Schweigen als ein schockiertes. Jarnil lächelte sogar ein wenig – es war dasselbe Lächeln, das Tal bei Lektoren gesehen hatte, wenn ein Schüler eine besonders dumme Antwort im Lektorium gegeben hatte.

Tal öffnete den Mund, um etwas zu sagen, doch es kamen keine Worte heraus. Etwas in ihm wollte protestieren und verkünden, dass Milla verrückt war und keine Ahnung von dem hatte, was sie da sagte. Die andere Hälfte wollte schreien: „Hört auf sie!"

Was sie sagte, *machte* tatsächlich Sinn. Vielleicht hatte Zicka, die Echse aus Aenir, *tatsächlich* die Wahrheit über einen alten Krieg zwischen den Aenirern und den Völkern der Dunkelwelt gesagt – Eiscarls und Erwählte. Irgendetwas geschah tatsächlich mit dem Schleier. Es war etwas, in das

Tals Vater als Wächter des Orangefarbenen Schlüsselsteins verwickelt war. Aber was für ein Wächter war das? Wozu waren Schlüsselsteine da?

Tal wollte gerade eine Frage zu diesem Thema stellen, als ihm etwas anderes auffiel.

Jarnil hatte einen natürlichen Schatten. Sein Geistschatten war verschwunden.

„Euer Geistschatten!", keuchte Tal. Seine Frage hatte er schon wieder vergessen. „Was ist damit geschehen?"

Jarnil sah nach unten. Sein Schatten gab die Bewegung genau wieder, besser als jeder Geistschatten es hätte tun können. Kein Geistschatten war so flexibel, nur die Schattenwächter der Kinder.

„Ich weiß es nicht", sagte er. Der Schmerz des Verlustes stand ihm klar ins Gesicht geschrieben. „Ich glaube, man hat ihn irgendwie gezwungen, meinen normalen Schatten zurückzugeben, der den Geistschatten an mich band. Dann wurde er umgebracht oder nach Aenir zurückgebracht oder …"

„Oder er musste auf Sushins Schiff anheuern", unterbrach Ebbitt seine Vermutungen düster. „Oder Fashneks."

„Das fürchte ich auch", sagte Jarnil. „Fashnek hatte sicherlich mehr als seinen eigenen Geistschatten, um ihm zu helfen."

„Sofern ich es mitbekommen haben, hat er drei weitere", sagte Milla. „Plus den einen, den er am Leib trägt. Ihr Erwählten habt diese Schatten hereingelassen. Sie werden den Schleier zerstören und die Sonne hereinlassen. Ich muss all das baldmöglichst den Cronen mitteilen. Wer wird mich zu den Heizungstunnels führen?"

„Alles zu seiner Zeit, alles zu seiner Zeit", gab Jarnil sofort zurück. „Lass uns zuerst unser Wissen austauschen. Was soll dieses Gerede über eine Zerstörung des Schleiers?"

„Besoffene reden, Krieger handeln", sagte Milla verächtlich. Sie stand auf und sah die Freivölkler böse an. „Ich weiß, was zu tun ist."

„Ja, ja", sagte Jarnil. „Gill wird dich führen. Haben wir genügend Lufttang?"

Die letzte Frage war an das Freivölkler-Mädchen gerichtet. Sie nickte und zeigte auf ein Bündel des eigenartigen Seetangs, das an ihrem Gürtel befestigt war.

„Die anderen haben noch mehr", sagte sie. „Und es gibt noch sechs Fässer, die wir später abholen können."

„Lufttang?", fragte Milla. „Wofür?"

„Wie der Name schon sagt", erklärte Gill und zeigte auf eines der Blätter, die aussahen wie Blasen. „Lufttang für Luft. Sie enthalten Luft. Man kann mit dem Messer ein kleines Loch hineinstechen und daraus atmen, wenn die Luft vergiftet ist oder die Tunnels voller Rauch sind. So haben wir euch damals gerettet."

„Gut", sagte Milla. „Also lass und gehen."

„Nein!", rief Tal. „Warte! Vielleicht hast du Recht, was

die Aenirer betrifft und den alten Krieg und all das Zeug, aber sollten wir nicht wenigstens herausfinden, ob Ebbitt, Jarnil und Bennem etwas wissen, was die Cronen wissen müssen?“

Bennem grunzte, als sein Name wieder fiel. Tal sah ihn überrascht an. Die Überraschung verwandelte sich in Mitleid, als ihm klar wurde, dass Bennems Augen leer und auf niemanden gerichtet waren.

Ebbitt fiel auf, dass Tal Bennem ansah.

„Er wurde unter Schreien und Heulen in den Saal gebracht“, erklärte Ebbitt. „Zweimal musste er hinein und zweimal kam er wieder heraus. Doch was hinein ging, war mehr als das, was wieder herauskam. Und was nicht wieder herauskam, vermissen wir sehr.“

„Das heißt, dass mein Bruder zweimal in den Saal der Albträume gebracht wurde. Sein Körper kam zurück, doch er träumt nur noch. Er kennt seinen Namen und einfache Dinge. Manchmal wacht er auf, doch nur für ein oder zwei Minuten.“

Es war Crow, der gesprochen hatte. Er stand auf der Hälfte der Treppe, die anderen in seinem Rücken. Tal hatte sie nicht hereinkommen hören.

„Unsere Eltern kamen nicht aus dem Saal zurück“, fügte er hinzu und sah Tal direkt an. „Du siehst, wir haben nicht viel, wofür wir den Erwählten danken müssen.“

Tal musste seinem Blick ausweichen. Und Bennem

konnte er auch nicht ansehen. Ein seltsames Gefühl überkam ihn – eine unbestimmte Kälte in der Magengegend. Es war Schuld, so viel war ihm klar.

„Tal ist kein Erwählter mehr", sagte Milla. „Er ist ein Ausgestoßener. Ihr könnt ihm nicht die Schuld für das Böse geben, das sein ehemaliger Clan verbrochen hat."

Tal sah sie an. Weshalb verteidigte sie ihn?

Crow ignorierte Milla und wandte sich an Gill, die sofort einen kleinen Schritt zurück tat.

„Los, Gill. Wir müssen die Fässer holen."

Gill schüttelte den Kopf. „Ich zeige Milla, wie sie zu den Heizungstunnels kommt."

Crow zog eine Grimasse. „Wir brauchen deine Hilfe mit dem Lufttang. Sie hat einen Geistschatten. Lass *ihn* doch den Weg suchen. Lass sie doch verloren gehen, wenn es sein muss."

„Ich bin kein *er*", brummte Odris. Sie kam heruntergeschwebt und Milla nahm eine Kampfhaltung ein. Plötzlich schien ein Streit nur Sekunden entfernt.

„Nein, nein!", rief Jarnil. „Jetzt geht alles schief! Crow, wir müssen mit diesen Leuten reden, nicht gegen sie kämpfen! Weshalb holst du nicht Korvim, damit er dir mit dem Tang hilf?"

„Korvim und seine Leute sind zurückgegangen", gab Crow zurück. „Sie treten wieder den Fatalisten bei. Genau wie Linel und Drenn und all die anderen. Und zwar weil wir die ganze Zeit dasitzen und reden, anstatt die Erwählten umzubringen!"

„Wie viele Freivölkler gibt es?", fragte Tal.

Alle Freivölkler begannen gleichzeitig zu antworten.

„Nun, die Zahlen ändern sich …", setzte Jarnil an.

„Sagt dem Spion nicht …", begann Crow.

„Im Augenblick sind es sieben", erklärte Ferek. „Einschließlich Jarnil."

„Schnauze!", brüllte Crow. Ferek zuckte zusammen, doch der ältere Junge unternahm nichts weiter, um seine Anweisung zu unterstreichen.

„Schnauze", wiederholte Crow, dieses Mal leiser. Einen Moment glaubte Tal, einen Hauch von Freundlichkeit in Crows Stimme gehört zu haben. So als täte es ihm Leid, Ferek angeschrien zu haben.

„*Sieben* Freivölkler?", fragte Tal. „Das ist alles? Einschließlich Jarnil? Was ist mit den Gleichgestellten des Lichts? Wie viele gibt es?"

Jarnil sah zu Boden und murmelte etwas.

„Keine mehr?", wiederholte Milla, die Jarnil als Einzige verstanden hatte. „Überhaupt keine?"

„Es gab nur zwölf von uns", sagte Jarnil. „Dreizehn, wenn man Ebbitt dazuzählt, doch er war niemals offizielles Mitglied der Gruppe, und ich habe mich schon gefragt … wie auch immer, dein Vater Rerem war einer von uns, Tal. Nachdem ich … mein neues Leben hier unten begonnen hatte, nahm ich wieder Kontakt mit ihnen auf. Aber im Laufe der Jahre verschwanden sie, einer nach dem anderen. Rerem war der Letzte. Es tut mir Leid, aber ich bin mir sicher, dass er wie die anderen … tot sein muss."

„Nein, ist er nicht", sagte Tal kopfschüttelnd. „Ich habe den Kodex gefragt. Er sagte: ‚*Er ist der Wächter des Orangefarbenen Schlüsselsteins. Der Stein wurde geöffnet, also lebt er nicht mehr. Wenn der Orangefarbene Schlüsselstein nicht geschlossen wird, lebt er nicht. Wenn er geschlossen wird, wird er wieder leben.*'"

Tal holte tief Luft und stand auf, bevor er fortfuhr. Er sprach schneller und entschlossener weiter.

„Deswegen will ich wissen, was Schlüsselsteine sind und wie man sie öffnet oder schließt. Und ich bin der Meinung, dass Milla es auch wissen muss, denn es geschehen furchtbare Dinge und wir müssen uns zusammensetzen und miteinander reden, ganz gleich ob wir Erwählte oder Unt… Freivölkler oder Eiscarls sind oder irgendetwas dazwischen, denn wenn der Schleier zerstört ist, die Sonne hindurch bricht und Schatten aus Aenir einschwärmen, dann werden sie uns alle töten! Wir sollten *zusammenarbeiten,* anstatt gegeneinander zu kämpfen und zu streiten und Sushin und den Aenirern damit zu helfen, die Macht zu übernehmen!"

Tals inbrünstige Worte hatten eine unglaubliche Wirkung auf Ebbitt. Der alte Mann hatte sein Auf- und Abgehen unterbrochen, als Tal angefangen hatte zu reden, und sich gerader und größer aufgerichtet, als ihn jemals jemand hatte stehen sehen. Sein Geistschatten stand in gewohnter, ruhiger Art neben ihm. Dann sprach Ebbitt in einem Ton, den Tal noch nie von ihm gehört hatte. Es war eine sichere und irgendwie noble Stimme, er schweifte nicht ab oder sprach in Rätseln. Einen Moment war Ebbitt wieder der Schattenlord des Indigo-Ordens, der er einmal gewesen war – ein großer Mann unter den Erwählten.

„Sieben Schlüsselsteine stehen in sieben Türmen und bilden die Grundfesten des Schleiers", sagte er. „Sieben Wächter kennen die Geheimnisse der Steine. Mein Neffe Rerem war tatsächlich der Wächter des Orangefarbenen Schlüsselsteins so wie mein Bruder vor ihm. Wenn der Kodex Tal erzählt hat, dass der Orangefarbene Schlüsselstein offen ist, dann ist der Schleier wirklich bedroht. Denn wenn alle sieben Schlüsselsteine ausfallen, *wird* der Schleier sich auflösen."

Im Raum war es still, nachdem Ebbitt gesprochen hatte. Alle starrten ihn an, sogar Crow. Ebbitt hielt ihren Blicken ohne zu blinzeln stand. Dann schienen seine Augen zu flimmern und er sah zur Decke.

Die Stille wurde wiederum von seiner Stimme unterbrochen. Dieses Mal war sie leiser und seine Haltung wurde wieder unsicherer. Er wirkte jetzt wieder mehr wie der alte, exzentrische Ebbitt.

„Sonne und Schatten", sagte er. „Sonne und Schatten. Der Schleier mag vielleicht die Sonne abhalten, aber er kann nicht den Hochmut und die Habgier der Erwählten fern halten. Wir hätten Ramellans Anweisungen Folge leisten und niemals nach Aenir zurückkehren sollen. Alles, was kommen wird, haben wir selbst zu verantworten."

„Der Orangefarbene Schlüsselstein offen", echote Jarnil. Schweißperlen standen auf seiner Stirn. „Offen. Meine Kusine Lokar war die Wächterin des Roten. Sie verschwand ein Jahr vor Rerem und ..."

Jarnils Gesicht wurde weiß und seine Stimme beinahe unhörbar leise. Er nahm einen tiefen Schluck aus seiner Süßwasser-Tasse, so als würde ihm das Erleichterung von einer großen Angst verschaffen.

„Mir fällt gerade etwas noch viel Schlimmeres ein", flüsterte er. „Vor zweiundzwanzig Jahren verschwand Schattenlord Verrin vom Indigo-Orden spurlos, genauso wie Lokar und Rerem. Er war der erste Erwählte in den letzten hundert Jahren, der ohne Erklärung spurlos verschwand. Er war wahrscheinlich der Wächter des Indigofarbenen Schlüsselsteins. Der Erste, der verschwand."

Jarnil war jetzt ernsthaft erregt. Er sprang auf und packte Ebbitt am Arm.

„Vor zweiundzwanzig Jahren, Ebbitt! Am selben Tag als die drei Erwählten zu lange in Aenir blieben!"

Ebbitt zog sanft Jarnils Finger weg, sagte aber keinen Ton. Er starrte weiter den Sonnenstein an der Decke an und Tal hörte ihn eine leise, düstere Melodie summen.

„Was ist mit den Erwählten, die zu lange in Aenir blieben?", fragte Tal.

„Der Einzige, der zurückkam, war Sushin", flüsterte Jarnil. „Er erklärte nie, was geschehen war und stritt jede Kenntnis über die beiden anderen ab. Er war mehr als einen Monat zu lange dort geblieben, wurde aber nicht bestraft. Verrin verschwand nicht lange nach Sushins Rückkehr. Mir war noch nie zuvor der Gedanke gekommen, dass da eine Verbindung besteht."

„Das ist die Sache der Erwählten", unterbrach Crow Jarnils Sinnieren. „Ihr redet von der Zerstörung des Schleiers. Was geht das das Freivolk an? Wir haben die Sonnen in Euren Türmen und in Eurer Privatwelt Aenir noch nie gesehen. Vielleicht ist es gut, dass der Schleier zerstört wird."

Milla sah ihn wütend an.

„Du redest schneller, als du denkst", sagte sie. „Der Schleier ist eine Verteidigungseinrichtung, eine Schiffsmauer gegen die Schatten. Ohne ihn würde nicht nur die Sonne hereinkommen, sondern auch die vielen Kreaturen von Aenir, die uns hassen und fürchten. Sie sind alte Feinde aller unserer Völker und sie werden Freivölkler, Untervölkler, Erwählte und Eiscarls allesamt erschlagen."

Crow zuckte mit den Schultern, so als könnte er Millas Worte abschütteln. Doch er sagte nichts und ihr war klar, dass er lediglich nicht zugeben wollten, dass er die Wahrheit in ihren Worten erkannte.

„Wie wird ein Schlüsselstein geöffnet?“, fragte Tal.

Jarnil wischte sich den Schweiß von der Stirn und faltete die Hände, bevor er antwortete. Tal erinnerte sich an diese Angewohnheit vom Lektorium. Es bedeutete, dass Jarnil nicht zugeben wollte, die Antwort nicht zu kennen, und dass er lange reden würde, um diesen Umstand zu verbergen.

„Während die Geheimnisse der Schlüsselsteine nur den Wächtern bekannt sind“, begann Jarnil, „weiß ich von gewissen langwierigen Ritualen und Inkantationen …“

„Blockbommel“, unterbrach Ebbitt die Ausführungen. „Und Kryptokrapp und Schattenpups. Niemand weiß es – nur die sechs Wächter selbst.“

„Sieben“, korrigierte Jarnil. Er war wütend, von Ebbitt so rüde unterbrochen zu werden.

Ebbitt lächelte und hob sechs Finger. Während er sprach, klappte er jeden einzelnen davon zu einer Faust zusammen.

„Rot, Orange, Gelb, Grün, Blau, Indigo.“

„Und Violett“, fügte Tal hinzu. Er war an Ebbitts Exzentrizität und seine Lücken im Allgemeinwissen gewohnt, aber das war so offensichtlich, dass er sich für seinen Großonkel schämte.

Ebbitt schüttelte den Kopf und lächelte. Es war ein geheimnisvolles Lächeln.

„Der Violette Wächter ist der Erbe von Ramellan“, sagte er. „Nicht die Zehen, nicht das Ohr, nicht der Fingernagel, sondern der Erbe von Ramellan. Der Be-erbende."

„Die Imperatorin", sagte Jarnil. Er schien erleichtert zu sein. „Dann brauchen wir uns um den Schleier doch nicht so viele Sorgen zu machen. Es wäre wahrhaft furchtbar, wenn Sushin und seine Kohorten bereits den Violetten Schlüsselstein hätten."

„Weshalb?", fragte Milla.

„Der Siebte Turm enthält alle alten Geheimnisse von Ramellan, sämtliche Maschinen und Geräte der alten Magie", sagte Jarnil. „Wer den Violetten Schlüsselstein in den Händen hält, der kontrolliert den Turm. Die Imperatorin ist sich zwar der Machenschaften ihres Dunklen Viziers nicht bewusst, sie würde jedoch die Kontrolle über den Violetten Schlüsselstein niemals in andere Hände als ihre eigenen legen. Was diesen Schlüsselstein betrifft, können wir beruhigt schlafen."

Ebbitt hielt ein imaginäres Buch hoch und blätterte in den ebenso imaginären Seiten. Es sah wirklich so aus, als sähe er das Buch, denn er verfolgte die erste Zeile einer Seite mit dem Finger, während er sie vorlas.

„Die Imperatorin Kathild, ihres Zeichens die Erste ihrer Linie, kam durch außergewöhnliche Umstände auf den Thron von Ramellan. Der Tod des Imperators Mercur war von Widersprüchlichkeiten begleitet und sein Begräbnis wurde auf unübliche Weise und überstürzt durchgeführt. Es gab keine Aufbahrung und es wurde erzählt, dass er ermordet wurde und sein Körper deswegen nicht ansehnlich war."

„Das ist aus Kimerls 'Geschichte'", protestierte Jarnil. „Sie wurde vor einigen Jahren für völlig unglaubwürdig erklärt und das Buch verboten. Ich kann da keinerlei Relevanz feststellen. Auch in deinen Andeutungen nicht, Ebbitt, wenn ich das so sagen darf. Nein, wirklich. Jeder würde mir Recht geben, dass du derjenige von uns beiden bist, der den Eindruck macht, als käme er aus dem Saal der Albträume!"

„Gerede, Gerede, Gerede", sagte Crow. „Etwas anderes geschieht hier nicht. Wenn der Schleier in Gefahr ist und wir alle auch, dann sollten wir doch etwas unternehmen, oder nicht? Aber was? Und was ist für das Freivolk bei der Sache drin?"

„Ich werde die Neuigkeiten den Cronen bringen", sagte Milla. „Sie werden wissen, was zu tun ist."

„Ich glaube, wir müssen uns diese Schlüsselsteine ansehen", sagte Tal langsam. Er dachte noch immer über das nach, was er gerade gehört hatte. „Wenn wir herausfinden, wie man sie wieder schließt, bringt das vielleicht die Wächter zurück. Oder wir stellen fest, dass sie noch immer geschlossen sind, und wir könnten sie verschwinden lassen, damit Sushin nicht an sie herankommt."

„Ich bezweifle, dass sich die Schlüsselsteine bewegen lassen", sagte Jarnil. „Sie sind ein Teil der Türme und des Schleiers. Aber dein Plan ist nicht abwegig, mein Junge.

Wenn wir einen Wächter befreien könnten, kann er uns vielleicht sagen, was wir zu tun haben. Und die Imperatorin wird uns sicher glauben, wenn wir einen Wächter mitbringen, der seine Geschichte erzählt. Sogar vor dem Dunklen Vizier. Aber wer geht und zu welchem Turm?“

„Ich gehe“, sagte Tal. „Zum Orangefarbenen Turm, um meinen Vater zu befreien.“

• KAPITEL • ZWÖLF

Das ist doch verrückt!“, protestierte Milla. „Wo ist dein Sinn für Strategie? Sushin hat dir schon einmal eine Falle gestellt – mit deinem Bruder als Köder. Es werden bestimmt noch mehr – und bessere – Fallen kommen, die er um deinen Vater und deine Mutter ausgelegt hat. Du solltest dir einen anderen Wächter und einen anderen Turm aussuchen.“

„Du wirst Hilfe brauchen, um zum Turm zu kommen“, sagte Jarnil. „Crow …“

„Vergiss es!“, fiel ihm Crow ins Wort. „Wie ich schon fragte: Was ist für uns bei der Sache drin? Wenn wir den Erwählten helfen, den Schleier zu reparieren, wird alles wie vorher weitergehen. Ihr sagt, die Aenirer werden uns alle umbringen, aber vielleicht werden sie nur die Erwählten töten?“

„Du hast einen Sonnenstein“, sagte Jarnil. „Ich habe dir einst beigebracht, wie man ihn benutzt. Gemäß der Regeln der Gleichgestellten des Lichts wärst du jetzt ein Erwählter. Die Imperatorin wird dankbar sein, wenn wir den Schleier retten. Ich bin sicher, dass du aufsteigen wirst."

„Ich will nicht aufsteigen!", rief Crow. „Ich will, dass alle von unserem Volk frei sind!"

Bennem gab einen kehligen Laut von sich, stand auf und sah wild hin und her. Crow beruhigte sich sofort und stellte sich neben seinen Bruder. Er setzte den großen Mann wieder hin.

„Ich möchte, dass wir frei sind", fuhr er dann leiser fort. „Keine Untervölkler mehr, keine Erwählten. Ich werde nur dann bei der Rettung des Schleiers helfen, wenn ihr alle versprecht, bei der Befreiung unseres Volkes zu helfen."

„Ich werde deine Worte zu den Cronen tragen", sagte Milla. „Sie werden sie mit den anderen Neuigkeiten, die ich bringe, abwägen. Mehr kann ich nicht tun."

Tal sah Jarnil und Ebbitt an. Jarnil runzelte die Stirn und sein Gesicht war so rot wie es ein paar Minuten zuvor weiß gewesen war. Er war offensichtlich sehr wütend auf Crow. Ebbitt hingegen sah Bennem an. Genau wie Tal, der den Blick der sanften, blinden Augen erwiderte.

„Ich weiß nicht, was ich tun kann, und ich werde nicht dabei helfen, Erwählte umzubringen oder Ähnliches", sagte Tal zögernd. „Aber wenn ihr uns helft, dann werde ich tun, was ich tun kann, um … die Dinge zu ändern und dafür zu sorgen, dass die Untervölkler Freivölkler werden."

Crow sah Tal misstrauisch an.

„Ich glaube, das ist besser als nichts“, brummte er. „Aber du solltest halten, was du versprichst.“

Milla zog das Messer, das sie Gill abgenommen hatte und sagte: „Willst du, dass ich die Schnitte für den Eid vornehme?“

„Nein“, sagte Tal und wandte sich ab. „So machen wir das hier nicht.“

Crow schüttelte ebenfalls den Kopf.

„Eine Bindung ohne Blut ist eine Bindung, die bald gebrochen wird“, warnte Milla. „Und Crow hat seinen Teil der Bindung noch nicht einmal ausgesprochen.“

Tal sah Crow eindringlich an. Er spürte zwar den glühenden Hass nicht mehr, den er zuvor gesehen hatte, konnte sich aber auch kein Bild machen, was der ältere Junge jetzt dachte.

„Ich werde dir helfen, zum Turm zu gelangen“, sagte Crow, doch er senkte die Augen, während er sprach. „Und den Schlüsselstein zu schließen oder was auch immer wir tun müssen.“

Tal nickte. Ihm fiel auf, dass Crow keinerlei Hilfe bei einer *Rückkehr* vom Turm erwähnt hatte. Doch das konnte ebenso Unachtsamkeit sein und musste nicht notwendigerweise böse Absicht bedeuten.

„Und du, alter Mann?“, fragte Crow Jarnil. Er klang nicht sonderlich respektvoll. „Träumst du noch immer von guten, lieben Untervölklern, die sich anstellen, um für eine Mitgliedschaft bei den Erwählten geprüft zu werden?"

„Nein", flüsterte Jarnil traurig. „Du warst ein guter Junge, Crow. Ich fürchte aber, dass du kein guter Mann werden wirst. Ich bitte dich nur, Tal jetzt zu helfen. Wie du schon gesagt hast, bin ich zu alt und zu gebrochen. Ich kann nur hoffen, dass wir den Schleier retten werden und nichts Böses über eines unserer Völker kommen wird. Komm jetzt, Bennem. Es ist Zeit, schlafen zu gehen."

„Ich werde nach ein wenig Schlaf aufbrechen", sagte Milla. „Wenn Gill mich noch immer führen wird."

Tal sah sie an. Bei den Reden über den Schleier und die Schlüsselsteine hatte er Milla und ihren Wunsch, zum Eis zurückzukehren, vergessen. Doch jetzt fiel ihm nichts ein, das sie davon abhalten könnte. Außerdem sagte ihm etwas weit hinten in seinem Kopf, dass sie die Hilfe der Eiscarls noch brauchen würden, wenn er es auch ungern zugab.

„Wir könnten deine Hilfe am Turm gut gebrauchen", sagte Tal. Er dachte verzweifelt über etwas nach, das Milla überzeugen würde, hier zu bleiben. „Das könnte wichtiger sein, als den Cronen Bericht zu erstatten."

„Nein", sagte Milla sehr bestimmt.

„Was ist, wenn ...", sagte Tal und zermarterte sich das Hirn. Es war sein Fehler, dass Milla ihren natürlichen Schatten verloren hatte. Wenn sie von ihren Leuten bestraft wurde – oder wenn sie sich später selbst bestrafen würde – wäre das beinahe so, als hätte er sie selbst getötet.

„Was ist, wenn die Cronen mehr wissen wollen?“, sagte Tal in einer plötzlichen Eingebung. „Ich meine, sie können doch miteinander in ihren Köpfen reden oder so ähnlich, stimmt's? Wenn also eine von ihnen hierher kommen will, dann musst du sie führen.“

„Ich kann anderen den Weg erklären“, sagte Milla. „Wenn eine Crone kommt, wird sie Schildjungfrauen auswählen, die sie führen und beschützen werden. Ich bin keine Schildjungfrau.“

Nur Tal hatte das leichte Schwanken in Millas Stimme bemerkt, als sie „Ich bin keine Schildjungfrau“ gesagt hatte. Einen Augenblick dachte er, er hätte es sich eingebildet. Doch es war da gewesen: Das erste und einzige Zeichen dafür, dass Milla beinahe die Kontrolle über sich verloren hatte. Es war fast so, als hätte er sie weinen sehen – etwas, was sie nicht einmal getan hatte, als sie von einem Merwin furchtbar verletzt worden war.

„Ich glaube nicht, dass wir jemanden ins Schloss einladen sollten“, sagte Jarnil nervös. „Ich bin mir zwar sicher, dass Milla und ihr Volk nur die besten Absichten haben, aber die Sorge um den Schleier sollte doch besser uns allein überlassen bleiben.“

Milla sah zuerst ihn und dann den Rest der jämmerlichen, kleinen Versammlung an. Da war Jarnil, ein alter

Mann und wie er selbst sagte, gebrochen vom Saal der Albträume. Da war Ebbitt, der zwar eine Macht darstellte, mit der man rechnen musste, auf die man sich aber nicht verlassen konnte. Da war Bennem, der wie ein starker Krieger aussah, aber ein permanenter Schlafwandler war, gefangen in seinem eigenen Kopf. Da war Tal, den sie einerseits für das hasste, was er ihr angetan hatte, dem sie aber näher stand als irgendjemandem sonst. Ein fremder Bruder, dessen Handlungen weder vorhersehbar noch leicht verständlich waren. Da war Crow, über den sie nur wenig wusste, abgesehen von seiner Bitterkeit und dem brennenden Hass, der ihn sowohl als Freund als auch als Feind eine Gefahr sein ließ. Und da waren die anderen vier Freivölkler, entschlossen und zu allem bereit, aber nur schlecht als Kämpfer ausgebildet.

Zusammen genommen waren sie kaum ein Aufgebot gegen das Monster Sushin, seine Garde, Fashnek und wer weiß wie viele Geistschatten.

„Ich glaube, dass Ihr die wahre Stärke und Natur des Feindes nicht kennt", sagte Milla zu Jarnil. „Die Cronen werden darüber entscheiden, was die Eiscarls unternehmen müssen. Immerhin war es nicht nur Euer Ramellan, der vor langer Zeit die Aenirer besiegte. Es war auch unsere Danir. Ihr solltet Euch nicht vor unserer Hilfe fürchten."

Und doch würden sie sie fürchten, das wusste Milla. Und vielleicht fürchteten sie sie zu Recht. Sie war sich keineswegs sicher, was die Cronen tun würden, wenn sie von freien

Schatten und den offenen Schlüsselsteinen im Schloss hörten.

Sie würden jede Schildjungfrau, jeden Schwert-Thanen und alle verfügbaren Jäger zum Ruinenschiff beordern. Ein großes Heer aus Eiscarls würde gebildet werden, mit einem Ziel:

Die Kontrolle über das Schloss zu erlangen und alle Schatten nach Aenir zurückzuschicken.

Sie zweifelte daran, dass irgendwelche Erwählten, ob unter Sushins Kommando oder nicht, das kampflos zulassen würden.

Bald würde es Krieg unter dem Berg des Lichtes geben.

Milla war sich nicht sicher, ob sie froh sein sollte oder es bedauern musste, dass sie daran nicht teilhaben würde. Doch wenn es so weit war, würde sie auf dem Eis längst den Preis für ihr Versagen bezahlt haben.

• KAPITEL • DREIZEHN

In der Festung der Freivölkler gab es eine Menge Betten zur Auswahl. Offensichtlich mussten hier einst viel mehr Menschen schlafen. Doch Tal war zu müde, um darüber nachzudenken. Sein verwundetes Bein und die Nachwirkungen des Giftes der Wasserspinnen machten ihm noch immer zu schaffen. Er konnte sich gerade noch lange genug wach halten, um sich über die primitive Toilette und die Wascheinrichtungen der Freivölkler (ein stinkendes Plumpsklo und kaltes Wasser) zu beklagen. Dann brach er dankbar in einem der Betten zusammen, das besser war als die meisten Orte, an denen er in den letzten Wochen geschlafen hatte.

Als er aufwachte – seinem Sonnenstein nach zehn Stunden später – waren Milla und Odris verschwunden. Adras fehlte ebenso. Tal wachte mit dem seltsamen Gefühl auf, als hätte er auf einer Streckbank gelegen. Außerdem hatte er rasende Kopfschmerzen. Es dauerte eine Weile, bis er bemerkte, dass das an der Abwesenheit seines Geistschattens lag.

Adras kehrte ein paar Minuten später zurück. Er schwebte niedergeschlagen in den zentralen Hof herein und flog dann immer wieder um die Quelle herum.

„Wo warst du?“, fragte Tal missmutig. Er war schlecht gelaunt wegen seiner Kopfschmerzen und weil Milla ohne Verabschiedung gegangen war. Außerdem fühlte er sich schuldig. Er allein war Schuld an Millas Schicksal.

„Bin Odris gefolgt“, gab der Geistschatten zurück. „Aber ich musste zurückkommen wegen dieser dummen Bindung zwischen uns. Au!“

Er tippte sich mit einem seiner Wolkenfinger an die Brust, wobei das dritte Tippen zu hart war.

„Hast du irgendwelche Wachen gesehen oder andere Erwählte?“, fragte Tal und rieb sich die Brust. Er hatte auf einmal ebenfalls Schmerzen an dieser Stelle.

„Nein“, sagte Adras. „Nur rotes Leuchten, wie bei einem entfernten Sonnenaufgang.“

„Ich glaube, das ist gut“, sagte Tal. „Hoffentlich haben sie aufgegeben, nach uns zu suchen.“

„Vielleicht“, sagte Jarnil. Er kam zur Quelle und benutzte seine gesunde Hand, um sich etwas Wasser ins Gesicht zu spritzen. „Der Tag des Aufstiegs beginnt in nur wenigen Stunden und die Erwählten bereiten sich für ihre Reise nach Aenir vor.“

„In wenigen Stunden?", fragte Tal. Er hatte jegliches Gefühl für die Zeit seit seinem Sturz vom Schloss verloren. Außerdem verging die Zeit in Aenir in einer anderen Geschwindigkeit. Er sah auf seinen Sonnenstein. Es war die zweite Stunde des Morgens, noch immer mitten in der Nacht – zumindest über dem Schleier. „Das ist großartig! Es wird um einiges einfacher sein, zum Roten Turm zu kommen!"

„Vergiss nicht, dass die Geistschatten zurückbleiben", warnte Jarnil ihn. „Ich hätte einmal gesagt, dass sie dicht bei den Körpern ihrer Meister bleiben, doch jetzt bin ich mir dessen nicht mehr so sicher."

„Habt Ihr … habt Ihr schon einmal daran gedacht, nach Aenir zu gehen und Euch einen neuen Geistschatten zu suchen?", fragte Tal.

Jarnil schüttelte den Kopf.

„Das wäre nicht sicher für mich. Vergiss nicht, dass alle Erwählten glauben, ich wäre tot. Jeder, der mich sähe, würde vermuten, ich wäre eine Kreatur, die die Gestalt von Jarnil Yannow-Kyr angenommen hat, und sie würden mich in Stücke strahlen. Außerdem bin ich mir nicht einmal sicher, ob ich noch einen Geistschatten binden könnte."

Tal nickte. Adras auch.

„Crow und Ebbitt bereiten Kleider und Ausrüstung für dich vor", fuhr Jarnil fort. „Crow hat beschlossen, dass es besser ist, wenn nur ihr beide versucht auf den Turm zu gelangen."

„Und was ist mit mir?“, fragte Adras.

„Und du natürlich, Meister Sturmhirte“, sagte Jarnil. „Ich hätte ‚ihr drei‘ sagen sollen.“

„Meister Sturmhirte!“, donnerte Adras. „Das gefällt mir! Du solltest mich auch so nennen, Tal.“

Tal seufzte. Er vermisste Milla und Odris schon jetzt, wenn er es auch nicht gern zugab.

„Ich mache mich besser bereit“, sagte Tal. „Wo sind sie?“

Jarnil zeigte in die entsprechende Richtung. Doch bevor Tal davonlaufen konnte, packte Jarnil den Jungen am Ärmel und beugte sich dicht vor sein Gesicht.

„Über die Eiscarls weiß ich nur das, was Ebbitt mir erzählt hat, und der hat es von dir“, flüsterte er. „Sind sie so stark und kriegerisch wie Ebbitt sagt? Du siehst, dass ich mir nicht sicher bin, ob es so gut war, Milla mit all diesen Nachrichten ziehen zu lassen.“

„Sie sind kriegerisch“, gab Tal leise zurück. Er biss sich auf die Lippe, bevor er fortfuhr. „Aber sie sind auch ehrenhaft. Sie halfen mir, zum Schloss zurückzukehren. Milla hat mehrere Male mein Leben gerettet.“

„Ich weiß, dass es einem schwer fällt, von einem Lebensretter als Feind zu denken“, sagte Jarnil. „Aber was glaubst du, was die Eiscarls tun werden, wenn sie von einem Weg ins Schloss hören? Ebbitt sagt, Milla wäre wegen eines Sonnensteins hierher gekommen und dass sie in der anderen Welt selten wären. Wie ich es verstanden habe, gibt es dort verschiedene Banden oder Stämme. Was ist, wenn einer davon das Schloss wie ein Lagerhaus betrachtet, das man plündern kann? Würden sie trotz des Wissens über unsere überlegene Magie riskieren, uns anzugreifen?"

„Das weiß ich nicht", gab Tal zurück. „Könnte sein."

„Wir müssen vorsichtig sein, Tal", murmelte Jarnil. „Diese Eiscarls sind Außenweltler. Ich bin vielleicht dafür, Untervölkler zu befördern, aber sie sind wenigstens Schlossbewohner. Ich möchte, dass du mir versprichst, bei der nächsten Gelegenheit die Imperatorin vor der möglichen Gefahr eines Angriffs der Eiscarls zu warnen. Oder ein paar vertrauenswürdige Erwählte."

„Ich werde darüber nachdenken", sagte Tal. Es war schwierig, es nicht versprechen. Es war für ihn noch immer so, als wäre Jarnil der Lektor und er der kleine Junge. Er hatte das Gefühl, sich verbeugen und als Respektsbezeugung Licht von seinem Sonnenstein anbieten zu müssen.

„Tu es", instruierte Jarnil ihn. Er ließ Tal stehen und ging davon. Sein Arm zuckte an seiner Seite.

„Vergiss, dass du das gehört hast", sagte Tal zu Adras, als sie zu der Hütte gingen, auf die Jarnil gedeutet hatte.

„Was soll ich vergessen?", fragte Adras.

„Vergiss es." Tal schüttelte den Kopf.

„Was?", fragte Adras. „Was?"

„Nichts!", rief Tal. „Denk einfach nicht mehr darüber nach."

Adras schnaubte und schoss nach oben, um über Tal zu schweben. Einen Augenblick später ging ein harmloser Regen aus Schattentropfen auf Tals Kopf nieder. Er ignorierte ihn und öffnete die Tür. Adras blieb grollend draußen.

• KAPITEL • VIERZEHN

In der Hütte – oder vielmehr in dem großen Kellerraum darunter – wühlte Crow durch einen Haufen seltsamer Kleider. Großonkel Ebbitt lag schlafend in einer Hängematte, die in einer Ecke aufgehängt war. Sein Geistschatten lag neben ihm. Als Tal die Stufen herunterkam, öffneten Ebbitt und sein Schatten je ein Auge.

„Hüte dich vor den Stimmen sensibler Menschen, die beinahe richtig singen und den ganzen Text kennen", sagte Ebbitt.

Tal seufzte. Ebbitt war manchmal ebenso schlimm wie Adras.

„Komm hier rüber und probier das hier an", sagte Crow. Er klang freundlicher als früher.

Crow gab ihm zwei weiße Roben. Die erste war leicht, wahrscheinlich die Standardkleidung des Untervolks, doch die andere bestand aus einem schwereren, glänzenderem

Material. Crow gab ihm außerdem eine Maske mit einer langen Schnauze und kristallklaren Augeneinsätzen. Dann bekam Tal noch ein Paar Clogs aus Kristall.

Tal zog beide Roben an. Die äußere war warm und schwer, denn das Gewebe atmete nicht. Die Maske wirkte wie ein riesiger Rattenkopf, wobei die Schnauze mindestens so lang wie Tals Unterarm war. Sie hatte Löcher am Ende, war jedoch zum größten Teil mit einem schwammartigen Material gefüllt.

„Was ist das?", fragte Tal, bevor er die Maske anzog. Sie passte sehr eng an sein Gesicht und unter sein Kinn und wurde mit verstellbaren Riemen hinter dem Kopf befestigt.

„Eine Filtermaske", sagte Crow. „Wir sind jetzt als Höhlenschaben-Sprüher verkleidet. Die Masken filtern das Gift heraus. Zieh dir auch noch diese Handschuhe an."

Tal zog die langen, beinahe transparenten Handschuhe an. Sie reichten bis zu den Ellbogen und waren wohl aus den Innereien eines Tieres gemacht. Er bog seine Finger und war dankbar, dass sie so leicht waren, als Crow ihm noch ein Paar große, schwere Überhandschuhe aus dem gleichen Material wie der äußeren Robe zuwarf.

„Müssen wir all dieses Zeug tragen?", fragte Tal. Seine Stimme drang nur gedämpft hinter der Maske vor.

„Ja", gab Crow zurück. „Die Höhlenschaben-Sprüher gehen durch alle Korridore, während die Erwählten in Aenir sind. Auf diese Weise kommen wir geradewegs bis zur Basis des Roten Turmes. Aber wir müssen auf dem ganzen Weg dorthin sprühen, sonst erregen wir Verdacht. Dein Großonkel hat sich diese Verkleidung ausgedacht." Crow nickte zögernd in Ebbitts Richtung. „Es könnte sogar funktionieren, denn er sagt, dein Schatten könnte mehr oder weniger die Form eines normalen Schattens annehmen."

„Ja", sagte Tal. Darüber hatte er noch nicht nachgedacht. Aber da Adras ein Sturmhirte war, konnte er seine Gestalt mehr als die meisten erwachsenen Geistschatten verändern, die ihre Form gemäß ihrer aenirischen Gestalt und Größe beibehielten.

„Ich wollte immer ein Höhlenschaben-Sprüher sein", sagte Ebbitt aus seiner Hängematte. „Aber ich war zu einer Karriere als Erwählter verdammt."

Crow und Tal sahen ihn mit gerunzelter Stirn an, wenn auch aus unterschiedlichen Motiven. Da auch Crow gerade seine Maske angezogen hatte, um sie einzustellen, konnte Ebbitt die Gesichter der beiden nicht sehen und so fuhr er fort.

„Ich habe mich oft gefragt, wo ich heute stünde, wenn ich ein Höhlenschaben-Sprüher geworden wäre."

„Tot, wie die meisten von ihnen", sagte Crow und nahm seine Maske wieder ab. „Selbst mit den Anzügen erwischt sie nach zwanzig oder dreißig Jahren das Gift."

„Weshalb suchen sie sich keine andere Arbeit?", fragte Tal unschuldig.

Crow starrte ihn an. „Als Untervölkler kann man nicht die Arbeit wechseln“, sagte er spöttisch. „Wir werden bei der Geburt in die Bücher eingetragen. Wenn du ein Junge bist, bekommst du die Arbeit deines Vaters. Wenn du ein Mädchen bist, die deiner Mutter. Wir haben nicht einmal Namen in den Büchern. Man wird einfach ‚Sohn von Feger Nummer 1346, Feger Nummer 3019‘. Die Namen vergeben wir später.“

„Wer bewahrt diese Eintragungen auf?“ Tal war durcheinander. Er hatte noch nie davon gehört, dass ein Erwählter eine solche Arbeit machte. Oder davon, dass Untervölkler Nummern statt Namen hatten.

„Wir machen es jetzt selbst“, sagte Crow zähnefletschend. „Die Fatalisten. Die Erwählten haben es vor langer Zeit angefangen und die Fatalisten sind so sehr davon überzeugt, dass wir zum Dienen da sind, dass sie alles von allein genau so fortführen, wie es einmal eingeführt wurde. Bist du bereit?“

Die plötzliche Frage überraschte Tal. Er stammelte ein Ja.

„Dann gehen wir“, sagte Crow. „Es wird ein paar Stunden dauern, bis wir zur Untervolk-Ebene sieben kommen. Wir müssen uns unterwegs ein paar Giftsprüher besorgen.“

„Wir gehen jetzt sofort?“, fragte Tal. „Was ist mit den anderen …“

„Sie sind aufgebrochen, um Lufttang und Nahrung zu

holen. Je früher wir das hier hinter uns bringen, desto besser. Diese Milla hatte die richtigen Gedanken. Keine Warterei. Ich schätze, sie sieht auch ziemlich gut aus, wenn sie sich mal waschen würde."

„Was?" Er hatte noch nie darüber nachgedacht, wie Milla eigentlich aussah. Er war verwirrt über seine Gefühle für sie. Er hatte sich gerade daran gewöhnt, dass ihre Feindschaft nicht mehr ganz so stark war – und das war besser als ihr Wunsch, ihn umzubringen.

„Milla", sagte Crow und drehte übertrieben abschätzend den Kopf. „Ich würde gern …"

„Sie würde dich töten", sagte Tal.

„Sie mochte mich", sagte Crow. „Ich merke sowas. Du wirst schon sehen, wenn sie zurückkommt."

„Sie wird nicht zurückkommen!", stieß Tal hervor. „Wenn sie den Cronen erzählt hat, was sie weiß, wird sie sich dem Eis überlassen! Sie wird tot sein."

„Was?", fragte Crow. In seiner Überraschung gab er seine eigenartige Kopfhaltung auf. „Weshalb?"

„Das ist kompliziert", murmelte Tal. Er nahm seine Maske in die Hand und ging zur Treppe. „Gehen wir?"

„Nach dir", sagte Crow.

Doch Tal wurde am Fuß der Treppe von Ebbitts Geistschatten aufgehalten. Er stand gähnend vor ihm und zeigte ihm ein Maul voller Schattenzähne.

„Tal."

Ebbitt klang unerwartet ernst. Tal ging zu seiner Hängematte hinüber, während die bemähnte Katze daneben stand, damit Tal an ihr hochklettern konnte.

„Was ist denn, Großonkel?“, fragte er.

„Eine Höhlenschabe kennt den Unterschied zwischen gut und böse nicht“, erklärte Ebbitt. „Sie handelt nur ihrem Instinkt folgend. Du hingegen hast ein kleines Päckchen voll Verstand. Sei keine Höhlenschabe.“

„Was soll das heißen?“, fragte Tal. „Sei keine Höhlenschabe …?“

„Es ist gefährlich, eine Höhlenschabe zu sein“, sagte Ebbitt. „Besonders wenn man in Gesellschaft eines Höhlenschaben-Sprühers unterwegs ist.“

Tal nickte, wunderte sich aber, was im Namen des Lichtes Ebbitt meinte.

„Die Eiscarls werden kommen“, sagte der alte Mann. „Es sei denn, ich täusche mich völlig. Es ist schade, dass du den Kodex verloren hast.“

„Er ist hier irgendwo“, protestierte Tal. „Im Schloss. Vielleicht kommt er zu dir.“

Ebbitts Miene hellte sich bei dem Gedanken auf.

„Glaubst du?“, sagte er. „Es wäre nett, mal wieder mit ihm zu plaudern.“

„Auf Wiedersehen, Onkel“, sagte Tal. Er beugte sich hinab und umarmte den alten Mann, wie immer überrascht von Ebbitts Leichtigkeit. Er war zerbrechlicher als er aussah.

„Auf Wiedersehen, Tal", gab Ebbitt zurück. Als Tal sich wieder aufrichtete, flüsterte Ebbitt ihm ins Ohr: „Bring mir einen Kuchen mit. So einen aus Mandelmehl und gekochten Orangen und wechsel deine Maske, bevor du gehst."

Tal nickte.

„Das werde ich, Onkel. Und kann ich als Gegenleistung für den Kuchen zwei Dosen von dem Wasserspinnen-Gegengift haben – im Voraus?"

• KAPITEL •
FÜNFZEHN

Mit Hilfe des Lufttangs und unter Gills Führung fand Milla den Eingang zu den Heiztunnels ohne Mühe. Gill wollte sie weiter begleiten, doch das Eiscarl-Mädchen schickte sie zurück und wartete sogar, um sicherzugehen, dass sie ihr nicht doch folgte. Milla wusste, dass sie als Einzige den Weg durch die Heizungstunnels kannte und so sollte es auch bleiben. Tal würde sich nicht an alle Kurven und Abzweigungen erinnern und außerdem war sie sich ziemlich sicher, dass er die Knochentafel mit der eingravierten Miniaturkarte verloren hatte. Obwohl: Es bestand auch die Möglichkeit, dass Crow sie an sich gebrachte hatte, als er sie das erste Mal bewusstlos aufgefunden hatte.

Odris folgte dem Eiscarl-Mädchen schweigend durch die Heiztunnels. Sie übte dabei, sich wie ein normaler Schatten zu verhalten. Milla hatte es ihr befohlen. Obwohl Odris mehr Freiheiten bei der Veränderung ihrer Gestalt hatte als gebundene Geistschatten, war es noch immer sehr schwer für sie. Vor allem biegsam zu bleiben, denn sie war von Natur aus aufgeplustert und ihre Arme und Beine neigten dazu, herauszuragen und sie voluminöser aussehen zu lassen, als sie eigentlich war.

Milla ließ ihren Sonnenstein nur gedämpft leuchten, sodass Odris sich nicht sonderlich gut fühlte: Das Licht war einfach zu schwach für sie. Außerdem war die Nachahmung eines natürlichen Schattens durch den Umstand erschwert, dass Milla eine Seilrolle an der Hüfte hängen hatte und ein paar zusätzliche Decken in Form eines Bündels auf dem Rücken. Das alles veränderte ihre Silhouette und Odris musste ständig Acht geben, sich anzupassen.

Bei dem Skelett, bei dem Tal und Milla den Sonnenstein gefunden hatten, von dem jetzt jeder eine Hälfte besaß, blieb Milla stehen. Sie sammelte den Schädel und die Knochen ein und wickelte sie in eine der Decken. Sie würde die Knochen mitnehmen und ihnen ein richtiges Eiscarl-Begräbnis geben, indem sie sie im sauberen Schnee und Eis am Berghang zurücklassen würde.

Als sie die Knochen einsammelte, glitzerte etwas im Licht. Einen Moment dachte Milla, es wäre ein weiterer Sonnenstein, der wie der vorherige in eine Art Schlaf versetzt worden war.

Doch das war es nicht. Es war ein künstlicher Fingernagel aus dem gleichen violetten Kristall, den die Erwählten überall im Schloss so verschwenderisch verbauten. Als Milla den Nagel näher an ihr Gesicht hielt, sah sie, dass er mit winzigen Sonnensteinstücken besetzt war, die das Licht ihres eigenen Steines schillernd reflektierten.

Man konnte sich den Nagel über einen Finger streifen und mit einem dünnen Kristallband befestigen. Milla probierte ihn an. Zuerst saß er zu locker, doch dann zog sich das Band von selbst zusammen. Milla versuchte, den Nagel wieder abzustreifen, doch es ging nicht – er saß fest.

Milla zuckte mit den Schultern. Noch mehr Magie der Erwählten. Wenigstens war der Nagel scharf und man konnte ihn als Waffe verwenden. Außerdem war sie ohnehin schon durch den Geistschatten, der hinter ihr schwebte, zum Tode verurteilt.

„Was ist das?", flüsterte Odris.

„Ein Fingernagel", sagte Milla. „Denk daran, du darfst nicht sprechen, wenn wir draußen sind. Ein Eiscarl könnte sich in der Nähe verstecken. Ich werde sofort getötet, wenn jemand den Verdacht hat, dass du ein Geistschatten bist. Ich muss aber unbedingt meine Nachrichten zu den Cronen bringen, bevor ich sterbe."

„All dieses Gerede vom Sterben", sagte Odris. „Ich werde dich sowieso nicht sterben lassen."

„Die Cronen werden sich mit dir befassen", sagte Milla grob.

„Pfff. Wir werden sehen."

Kurz vor dem Ausgang fand Milla ihren schweren Fellmantel wieder, den sie auf dem Ruinenschiff erhalten hatte. Sie ordnete ihre Ausrüstung neu an, um den Mantel anzuziehen. Dann sah sie Tals Mantel, der unter ihrem gelegen hatte. Ein unbestimmtes Gefühl der Bedrückung überkam sie beim Gedanken an den Jungen der Erwählten. Es war unfreundlich gewesen, sich ohne jede Verabschiedung davonzuschleichen, vor allem von jemandem, mit dem man für eine Mission verbündet worden war. Selbst wenn er sie verdammt hatte, indem er ihren Schatten weggegeben hatte.

„War das Tals Mantel?", fragte Odris. „Ich habe das Gefühl, dass ich ihn genauso vermisse wie Adras. Witzig, nicht? Das Gefühl muss von dir kommen, denn mir ist er völlig gleichgültig."

„Es kommt nicht von mir", zischte Milla. „Tal ist unwichtig. Und jetzt sei still."

Als sie aus dem Tunnel kletterte, schlug ihr die Kälte voll ins Gesicht. Milla war noch nie zuvor für eine so lange Zeit fort gewesen und so schnitt sie ihr geradezu den Atem ab. Sie musste stehen bleiben und eine Rovkir-Atemübung durchführen, um nicht weiterzuzittern. Glücklicherweise war das Wetter gut – zumindest für Eiscarl-Verhältnisse. Der Wind war stark und gleichmäßig und ihr Sonnenstein leuchtete hell in die ewige Dunkelheit hinaus. Kein Schnee, Hagel oder Regen fiel in den Lichtkegel um sie.

Hier draußen war es für Odris noch schwieriger, sich wie

ein natürlicher Schatten zu verhalten. Der Wind rief nach ihr wie in Aenir und verlockte sie dazu, einfach in die Luft zu steigen und ihm zu folgen. Doch gleichzeitig fühlte sie Millas Schatten tief in sich. Er verankerte sie mit dem Eiscarl-Mädchen. Irgendwie half Millas Rovkir-Atmung auch dem Geistschatten zur Ruhe.

Es dauerte nur einen Moment, das Skelett auszupacken und den Schädel mit den Knochen ins dunkle Nichts zu werfen. Mit etwas Glück, dachte Milla, würde jemand oder etwas sie finden – vielleicht, um darauf zu kauen oder einen Bau zu befestigen.

Nicht weit außerhalb des Einstiegs zum Heiztunnelsystem stand die Kristallpyramide von Imrir. Kurz danach kam der Abgrund in der Straße. Tal und Milla waren darüber hinweggesprungen. Jetzt stand Milla allein am Abgrund und starrte hinunter in die Dunkelheit.

Sie erwog, noch einmal zu springen. Würde es sie schwächen oder ihr eher Stärke verleihen, Odris über sich zu haben? Sie sollte ihren unnatürlichen Schatten nicht einsetzen. Andererseits war es auch ihre Pflicht, den Sonnenstein so schnell wie möglich zu ihrem Schiff zurückzubringen und die Cronen vor der Gefahr zu warnen, die dem Schleier drohte.

Sie hatte schon einmal den Fehler gemacht, ihre eigenen Wünsche über die Pflicht zu stellen.

Sie würde Odris benutzen.

„Ich will, dass du mich auf die andere Seite bringst“, sagte sie und hielt die Arme hoch.

„Ich brauche mehr Licht“, sagte Odris. „Und Anlauf.“

Milla nickte und ging wieder zurück. Im Gehen konzentrierte sie sich auf ihren Sonnenstein. Sie erlangte immer mehr Kontrolle darüber, war aber noch immer viel langsamer als Tal. Der Stein wurde langsam heller und vergrößerte den Ring aus Licht um sie. Odris glitt hoch in die Luft und dehnte sich zu einer bauschigen Schattenwolke aus. Sie driftete immer wieder kurz aus dem Lichtkegel, als sie sich der Bewegung des Windes anpasste.

Milla hielt ihre Arme hoch.

Gerade als Odris nach ihr griff, durchschnitt ein Furcht erregender, schneidender Schrei die Luft und ließ sie beide innehalten. Odris flog los, als eine gewaltige, geflügelte Kreatur herabsauste und ihre Klauen in Odris’ Schattenfleisch und beinahe auch in Milla schlug.

„Perawl!“, schrie Milla, doch Odris hielt sie so fest, dass sie nicht einmal ihr Messer ziehen oder sich drehen konnte, um zuzubeißen. Sie war völlig wehrlos und der Attacke eines der wildesten Raubtiere ausgesetzt, das es auf dem Eis gab.

• KAPITEL • SECHZEHN

Tal war überrascht, wie sehr sich das Schloss am Tag des Aufstiegs verändert hatte. Die allermeisten Erwählten hatten sich in ihre Räumlichkeiten zurückgezogen, sich hingelegt und ihre Geister nach Aenir gesandt. Ihre Geistschatten hatten sie mitgenommen und so war das Schloss mehr oder weniger den Untervölklern überlassen.

Es war bedrückend still in den Korridoren. Tal konnte nicht anders als an das denken, was er jetzt eigentlich tun sollte. Er sollte bei seiner Familie zu Hause sein und auf seinem Bett auf der speziell gestickten Decke liegen, während sein Vater über ihm stand und mit seinem Sonnenstein den Übertritt nach Aenir begleitete.

Er hatte sich noch nie so allein gefühlt.

Es war seltsam, so viele Untervölkler auf den Beinen zu sehen. Sie suchten sich genau diesen Zeitpunkt aus, um in aller Eile die meisten aufwändigen Wartungs-, Reparatur-

und Bauarbeiten durchzuführen, die während der Anwesenheit der Erwählten nicht durchgeführt werden konnten.

Sogar unten auf der Untervolk-Ebene sieben, wo Tal und Crow einen Zwischenstopp einlegten, um die Tornister mit Höhlenschaben-Gift zu holen, herrschte eine bemerkenswerte Geschäftigkeit. Untervölkler, die in Lagern arbeiteten, gaben Werkzeuge und Farbe aus, Holz und Schrauben, Bürsten und Besen, Ersatzteile für Rohre und Armaturen und noch allerhand andere Dinge. Ein nicht enden wollender Strom von Menschen nahm die Waren in Empfang.

Wie Crow gesagt hatte, schienen diese Menschen – Fatalisten, wie er sie genannt hatte – sehr eifrig an die Arbeit gehen zu wollen. Tal hatte angenommen, dass sie die Abwesenheit der Erwählten eher als Ruhezeit nutzen würden. Doch dafür gab es keinerlei Anzeichen. Sie waren völlig auf ihre Aufgaben konzentriert.

Tal und Crow trugen ihre Masken und Tal bemerkte, dass alle einen weiten Bogen um sie machten. Offensichtlich hatte Crow in Bezug auf das Gift nicht übertrieben. Es schien so, als fürchteten die anderen Untervölkler sogar eine Berührung mit den Kleidern der Höhlenschaben-Sprüher. Und weil ihnen das peinlich war, sahen sie nicht einmal in Tals und Crows Richtung.

Das war nur zu ihrem Vorteil, dachte Tal, denn Adras hatte Schwierigkeiten, sich wie ein natürlicher Schatten zu verhalten. Er lag immer ein Stück zurück und wenn Tal um eine Ecke bog, lief sein Schatten zuerst einen Augenblick weiter, bevor er sich endlich korrigierte und hastig abbog. Niemandem schien das bislang aufgefallen zu sein, doch Tal machte es sehr nervös.

Wie auch immer – wenn sie sich von den Unterkünften der Erwählten und ein paar speziellen Räumen wie den Imperialen Vorzimmern fern hielten, wo Erwählte schliefen und Geistschatten sowohl sie als auch ihre Räume bewachten, müssten Tal und Adras vor Entdeckung relativ sicher sein.

Es dauerte beinahe den ganzen Tag, um von der Untervolk-Ebene sieben bis zur höchsten Ebene der Roten zu gelangen. Von dort konnten sie den Roten Turm besteigen, obwohl dies auch von einigen der Ebenen der höheren Farben möglich war. Normalerweise hätte Tal nicht länger als eine Stunde gebraucht, um alle Stufen und Rampen hinter sich zu bringen, doch sie mussten immer wieder anhalten, um in Röhren, Kanäle oder andere abgelegene Ecken zu klettern und nach Höhlenschaben zu sprühen.

Nach einiger Zeit bemerkte Tal, dass Crow ihn beim Sprühen beobachtete, so als warte er darauf, dass etwas mit ihm passierte. Tal behielt ihn ebenfalls im Auge, denn er dachte immer an Ebbitts Rat, die Maske auszutauschen, die Crow ihm gegeben hatte. Er war sich allerdings nicht sicher, ob diese Warnung nur Ebbitts üblicher Exzentrizität entsprungen war oder weil sein Großonkel tatsächlich vermutete, dass Crow für Tal eine defekte Maske ausgesucht hatte.

Auf jeden Fall strengte Crow sich an, freundlich zu sein. Die verbalen Angriffe des gestrigen Tages waren verschwunden und wenn er etwas sagte, dann war es nur, um Tal zu instruieren, wie er sprühen oder was er tun musste, um wie ein Untervölkler zu wirken. Vielleicht beobachtete er ihn ja nur, um sicherzugehen, dass Tal seine Rolle beibehielt. Vielleicht war es tatsächlich nicht so, dass Crow nur darauf wartete, dass er umfiel und an dem Gift starb.

Tal konnte weder das eine noch das andere mit Sicherheit sagen, also beschloss er, die Augen offen zu halten.

Vom Saal der Hohen Roten Zusammenkunft, dem Raum, der normalerweise voller Erwählter war, die sich für Unterhaltungen und zu einem gemütlichen Beisammensein trafen, musste es laut Tals Meinung eine Treppe geben. Diese musste sowohl zum Basisraum des Roten Turmes führen als auch zu einem kleinen Laufsteg, der an der Außenseite der Turmbasis entlang verlief.

Als Tal zuvor auf den Roten Turm geklettert war, hatte er etwas weiter oben auf einem ähnlichen Steg auf den Orangefarbenen Ebenen begonnen, war dann hinuntergestiegen und auf den Roten Steg übergewechselt. Von dort hatte er seinen Angriff auf den Roten Turm gestartet.

Obwohl Tal den Saal der Hohen Roten Zusammenkunft noch nie gesehen hatte, war er sicher, dass er den gleichen Grundriss hatte. Als er schließlich in dem großen Raum stand, sah er, dass er Recht gehabt hatte. Obwohl er anders ausgestattet war – mit niedrigen, hellrot gepolsterten Sitzecken im Gegensatz zu den unterschiedlichen Kristallstühlen im Saal der Orangefarbenen Zusammenkunft –, war die Treppe in der gleichen Ecke. Sie war gerade einmal zwei Spannen breit, hatte keinerlei Geländer und führte bis an die weit oben liegende Decke. Tal nahm an, dass sie selten benutzt wurde, so wie ihr Gegenstück im Saal der Orangefarbenen Zusammenkunft.

„Das ist sie", sagte er zu Crow und zeigte darauf.

„Gut", gab der zurück. Er sah sich um und versicherte sich, dass die Kammer wirklich leer war. Dann nahm er seinen Tornister ab und stellte ihn vorsichtig aufrecht auf eine der Sitzgruppen. Tal tat es ihm nach, dann gingen sie beide von den Tornistern weg.

„Berühre deine Überhandschuhe nicht, wenn du sie ausgezogen hast", sagte Crow. Er zeigte Tal, wie er beide Handschuhe lockern und abschütteln konnte. Das war besser als einen auszuziehen und sich dann zu fragen, was man mit dem anderen anstellen sollte.

Sie ließen die Überhandschuhe liegen und gingen wieder ein paar Schritte zurück, um ihre Clogs und die Mäntel abzulegen. Die leichteren Unterroben waren klamm vom Schweiß. Beide Jungen trugen Messer an ihren Schärpen; Tal trug seinen Sonnenstein offen.

Jeder Erwählte oder Geistschatten, der sie so sah, würde sie sofort als irgendeine Art Feind entlarven.

„Kann ich jetzt endlich aufhören, einen normalen Schatten zu spielen?“, fragte Adras vorsichtig, als Tal zur Treppe ging. Der Geistschatten hob seinen Kopf, während er sprach, behielt aber Tals Grundform bei. Es sah sehr eigenartig aus, so als würde Tals Schatten sich plötzlich aufrollen.

„Wenn wir draußen sind“, versprach Tal.

Als sie die Treppe hochstiegen, stellte Crow Tal plötzlich eine Menge Fragen über Schlüsselsteine.

„Hat dir dein Vater jemals etwas darüber erzählt, wie diese Schlüsselsteine funktionieren?“, fragte Crow, als sie auf halber Höhe waren.

„Nein“, antwortete Tal. Sein Bein schmerzte wieder. Die Treppe war steil und man konnte leicht seitlich abstürzen. Er brauchte seine ganze Konzentration.

„Ich meine, die Wächteraufgabe wird doch sicher innerhalb der Familie vererbt. Er könnte ja etwas gesagt haben.“

Tal zuckte mit den Schultern und schüttelte den Kopf.

„Was ist mit Jarnils Bemerkung, sie könnten nicht bewegt werden? Glaubst du, dass er Recht hat?“

„Ich weiß es nicht.“ Sie waren beinahe oben angekommen. Die Tür war möglicherweise verschlossen, doch Tal konnte das Schloss mit seinem Sonnenstein zerschmelzen. Er hatte einmal den Schlüssel zur Roten Tür gestohlen, ihn aber längst wieder verloren.

„Jemand muss sie doch einmal angebracht haben“, murmelte Crow. „Ich wette, dass man sie auch wieder wegnehmen kann. Wir sollten den Stein mitnehmen. Dann können wir ihn benutzen."

Tal ignorierte ihn einfach. Er blieb einen Augenblick stehen, um Atem zu holen, bevor er die Tür öffnete.

Sie war mit einem Brett vernagelt, doch das ließ sich mit Leichtigkeit wegreißen. Tal stellte es auf die Treppe und rüttelte an der Tür, doch sie war verschlossen.

„Ich werde sie öffnen", sagte Crow, als Tal durch das Schloss und durch einen Spalt zwischen Tür und Rahmen spähte. „Lass mich vorbei."

In seinem Eifer stieß Crow Tal leicht an, sodass dieser sich an einer Eisenklammer in der Wand festhalten musste, um nicht abzustürzen. Es war ein langer Weg nach unten – lang genug, um tödlich zu sein. Außerdem wusste Tal, dass Adras möglicherweise nicht schlau genug war, um ihn aufzufangen.

Doch der Stoß schien wirklich versehentlich geschehen zu sein.

„Oh, Entschuldigung", sagte Crow. Tal zog sich ein paar Schritte die Treppe hinunter zurück, als Crow einen Schlüsselbund aus der Tasche holte und einen der Schlüssel in das Schloss schob. Dann steckte er noch ein dünnes Metallband hinein und drehte beide Instrumente herum.

Das Schloss öffnete sich problemlos und die Tür schwenkte auf.

Das Licht des Saales und des Sonnensteins fiel hinaus,

wurde aber von der Dunkelheit auf der anderen Seite der Tür komplett verschluckt. Ein eisiger Wind blies herein, ließ die Tür klappern und wehte die Haare der beiden Jungen nach hinten. Die Kälte stach ihnen ins Gesicht.

Crow schien mit einem Mal wie gelähmt zu sein. Er stand einfach nur da, hatte die Schlüssel in der Hand und starrte in die ewige Dunkelheit auf der anderen Seite des schmalen Laufstegs.

„Willkommen in der Dunkelwelt“, sagte Tal.

• KAPITEL • SIEBZEHN

Der Perawl schrie noch einmal und hob mit seinen Opfern in den Klauen ab. Unglücklicherweise hatte Odris sich selbst ziemlich fest gemacht, um Milla halten zu können, sodass die große, ledrige Kreatur ihr Schattenfleisch gut packen konnte.

„Au!“, schrie Odris. „Au! Au! Au!“

Der Perawl konnte ihr keinen ernsthaften Schaden zufügen, doch seine großen Klauen schnitten in ihre Haut ein und das tat weh.

„Lass mich fallen!“, rief Milla. „Lass mich sofort fallen!“

Sie befanden sich noch immer oberhalb der Straße, doch der Perawl konnte jeden Augenblick in die Ferne abdrehen.

Odris gehorchte, aber leider einen Sekundenbruchteil zu spät. Milla sah den Abgrund in der Straße unter sich, die tiefe Spalte, über die sie schon einmal gesprungen war. Sie streckte verzweifelt die Hände aus und schaffte es, sich am kleinen Finger von Odris Hand noch einmal festzuhalten.

Der Finger wurde länger und länger und dehnte sich zu einem langen Seil aus Dunkelheit, an dem Milla unter ihrem Geistschatten hing. Der Perawl schlug mit seinen gewaltigen Schwingen und trug Odris noch höher hinauf.

Milla konzentrierte sich auf ihren Sonnenstein. Sie ließ ihn so schnell sie konnte heller werden. Gleichzeitig stieß sie einen hohen und lauten Schrei aus. Perawls vertrugen kein sehr helles Licht und auch keine lauten, hohen Geräusche. Sie sahen und hörten überhaupt nicht wie normale Kreaturen.

Das Tier gab ein überraschtes Quäken von sich und versuchte loszulassen. Doch seine Fänge waren nun fest in Odris eingegraben und der Geistschatten konnte sich nicht noch weiter auflösen, ohne dass sich auch der Seil-Finger auflöste.

Milla fiel. Der Finger ihres Geistschattens wurde dünner und dünner bis er sich durch Millas Handschuh schnitt und sie mit einem letzten Schwung loslassen musste.

Odris machte sich sofort dünner und entglitt den Klauen des Perawls wie Wasser. Doch sie war zu hoch über Milla. Sie sah nur noch ein fallendes Licht, das bald verschwand.

Ohne das Licht wurde Odris sofort schwächer. Sie fiel nach unten und hatte keine Kraft mehr, um zu fliegen. Stattdessen stürzte sie in Form eines undefinierbaren schwarzen Klumpens senkrecht nach unten in die Dunkelheit.

Milla verfehlte den Abgrund in der Straße um ein paar Spannen, doch der Aufschlag war hart. Sie versuchte sofort, sich aufzurichten, war jedoch völlig entkräftet und schaffte es nur bis auf die Knie. In der Ferne hörte sie den Perawl schreien, ein Zeichen von Odris sah sie nicht.

Und doch fühlte sie ihren Geistschatten. Die Bindung zwischen ihnen war stark. Milla konzentrierte sich darauf, wieder zu Atem zu kommen und versuchte, sich auf die Richtung einzustellen, aus der das Gefühl kam.

Es kam in Wellen – ein furchtbares Gefühl, so als würde jemand sie wie ein Wäschestück auswringen, begleitet von Schwäche und Übelkeit. Milla drehte sich im Kreis, um die Richtung genauer einordnen zu können. Nach ein paar Umdrehungen bemerkte sie, dass Odris etwas weiter weg an der Straße sein musste – ziemlich weit weg.

Milla hatte das Gefühl, als schaffte es der Geistschatten nicht mehr lange ohne Licht. Es ging ihr schon jetzt schlecht, was Milla am Schwinden ihrer eigenen Kräfte ablesen konnte.

Das Eiscarl-Mädchen zwang sich dazu, sich ganz aufzurichten. Der Geruch des Ghalt, des geschmolzenen Steins, aus dem die Straße gebaut war, war überaus stark. Als sie ihn in die Nase bekam, bedauerte sie einen Moment, ihre Gesichtsmaske nicht bei sich zu haben. Dann stieg sie einen steilen Hang hoch, schneller als sie es mit Tal getan hatte.

Bei diesem Tempo riskierte sie einen Absturz, doch mit jedem Atemzug spürte sie auch, wie Odris schwächer wurde. Wenn sie nicht bald zu ihr kam und ihr Licht spendete, würde der Geistschatten sterben – und Milla hatte das Gefühl, als würde sie selbst dann auch sterben.

Das durfte unter keinen Umständen geschehen, bevor sie ihre Nachrichten den Cronen überbracht hatte, dachte Milla.

Sie *musste* es bis zu den Cronen schaffen.

Milla spürte eine weitere Welle der Übelkeit und des Schwindels über sie kommen. Es war ein ihr bekanntes Gefühl, so als würde ihr das Blut aus dem Leib fließen. Unbewusst presste sie ihre Hand auf die Merwin-Wunde an ihrem Bauch in dem Gefühl, sie könnte die Wunde dort abdichten. Doch die war schon längst verheilt.

Entschlossen beschleunigte Milla ihr Tempo und sprang über schneebedeckte Steine und unregelmäßige Eisbrocken hinweg. Gleichzeitig begann sie, im zehnten und letzten Rovkir-Muster zu atmen: dem Todesgang.

Es war die letzte Übung unter den Atemmustern und nur wenige Eiscarls beherrschten sie. Der Todesgang würde es ihr ermöglichen, bis zur Erledigung ihrer Aufgabe weiterzugehen, ganz gleich wie verwundet oder erschöpft sie war.

Dann würde sie sterben.

Völlig im Zehnten Muster verloren, bemerkte sie die Stürze und Stolperer, die kleinen Wunden und Abschürfungen nicht, die sie sich bei dem wahnwitzigen Lauf über das raue Gelände zuzog. Für sie gab es nur noch das Atmen und das konstante Ziehen von Odris' schwindender Kraft.

Odris fühlte das Licht, noch bevor sie Milla sah. Es holte sie zurück von einem Ort, an dem sie keine Gedanken und keine Gefühle mehr gehabt hatte. Gerade war sie noch von dem Perawl abgestürzt und einen Augenblick später lag sie ausgestreckt im Schnee. Als der Sonnenstein näher kam, fühlte Odris, wie ihre Form zurückkehrte. Ihr Schattenfleisch wurde fester, floss zurück zu ihr wie nach einer Ebbe, während der es über eine Fläche von vielen Spannen verteilt gewesen war.

Doch Milla machte keine richtige Pause, als sie Odris erreicht hatte. Sie hielt nur kurz inne und griff nach unten. Odris nahm ihre Hand. Der Geistschatten hatte kaum Zeit, sie zu begrüßen, bevor Milla mit ihr im Schlepptau weiterrannte.

„Langsamer“, schrie Odris, als Milla am Ende eines großen Felsens stürzte und beinahe über die Kante fiel. „Du wirst dir noch wehtun.“

Milla antwortete nicht. Sie lief weiter.

Odris schob einen Arm hervor und drehte den Kopf, um etwas sehen zu können. Millas Blick war glasig und in ihren Augen war ein seltsames Licht zu sehen, das wohl eine Reflektion von dem hell leuchtenden Sonnenstein an ihrer ausgestreckten Hand war.

„Das gefällt mir nicht", jammerte Odris. „Was machst du?"

Sie hörte keine Antwort, doch in ihrem Kopf erklang plötzlich das Echo von Millas Gedanken.

Das Ruinenschiff und die Mutter-Crone. Das Ruinenschiff und die Mutter-Crone.

Sie kamen an einen Punkt, an dem die Straße eine Kehre machte. Anstatt der Haarnadelkurve zu folgen, sprang Milla über den Rand der Straße hinweg und rutschte in einem Zug vierzig Spannen über Schnee, Eis und Steine hinweg.

„Nein, nein, nein!", schrie Odris. Sie pumpte sich auf und hob Milla hoch, damit das Mädchen eher hinunterflog als fiel. Doch das spornte Milla nur noch mehr an. Sie verließ die Straße erneut und setzte schon an, um den Berghang hinunterzuspringen.

„Stopp!", quietschte Odris. Sie streckte sich sofort aus, um die bestmögliche Gleitfläche zu bieten. Sie musste dabei all ihre Kräfte aufbringen, um gegen den Wind anzukämpfen, der sie wieder gegen den Berg zu tragen drohte. „Waau! Milla!"

Das Ruinenschiff und die Mutter-Crone …

• KAPITEL • ACHTZEHN

Tal und Crow standen auf dem schmalen Steg hoch oben an der Außenseite des Schlosses. Adras flog über Tal und über ihm ragte nur noch der riesige Rote Turm auf. Aus seinen vielen Fenstern und Öffnungen drangen Lichtstrahlen in allen Rotschattierungen und webten ein komplexes Muster in den Himmel. Dahinter standen die anderen sechs Türme; auch sie warfen ihr Licht in die Dunkelheit.

Unter ihnen flimmerten andere Lichter im großen Haupttrakt des Schlosses. Doch auch all diese Lichter zusammen kamen nicht gegen die absolute Dunkelheit der Welt hier draußen an. Der Schleier lag schwer über der Welt und das Licht der Sieben Türme und des Schlosses verlor sich darunter beinahe vollständig.

„Ich hätte nicht gedacht, dass es so kalt ist“, flüsterte Crow, als er in die Dunkelheit starrte. „Oder so …“ Er verstummte. Dann wandte er mit offensichtlicher Anstrengung seinen Blick weg und sah nach oben zum Roten Turm, den sie besteigen wollten.

Wie schon Tal zuvor sah er eine Menge Vorsprünge, Gargoyles und eigenartige Ornamente, die sie als Handgriffe und Fußstützen benutzen konnten. Dennoch war es keine einfache Kletterpartie und sie würde unmöglich zu meistern sein, wenn sie sich nicht gegen die Kälte schützten.

Tal konzentrierte sich auf seinen Sonnenstein und schon bald gab er Wärme ab, die zunächst seinen Arm und dann ihn vollständig einhüllte.

„Du hast einen Sonnenstein", sagte Tal vorsichtig. Er war sich noch immer nicht im Klaren darüber, wie er mit diesem Wissen umgehen musste: Ein Untervölkler, der einen Sonnenstein besaß. „Weißt du, wie man sich damit wärmt?"

„Ich weiß sogar noch mehr als das", gab Crow zurück. Er holte sein Messer hervor und öffnete die kleine Abdeckung über dem Griff, um den Sonnenstein zum Vorschein zu bringen. Er konzentrierte sich einen Moment darauf, bis Tal den Stein mit einem Blinken antworten sah.

„Ah", sagte Crow. „Viel besser. Willst du vorgehen oder soll ich?"

„Du zuerst", sagte Tal müde. „Es wird ein paar Stunden dauern, bis wir den Schleier erreicht haben. Gib auf die Fenster Acht. Ein paar könnten offen sein und hinter einigen gibt es Geistschatten."

Tal war sich der Gefahr in vollem Umfang bewusst. Er erinnerte sich noch allzu gut an seinen ersten Klettergang – und an seinen Bruder Gref, der durch ein solches Fenster von einem Geistschatten entführt worden war.

Diese Kletterpartie schien sehr lang zurückzuliegen, in Wirklichkeit waren es aber nur ungefähr sechs Wochen. Sein ganzes Leben hatte sich an diesem Tag verändert, und zwar keineswegs positiv. Hoffentlich würde dieser Klettergang eine Wende in die andere Richtung markieren.

Wenigstens hatte er dieses Mal einen Sonnenstein, dachte Tal. Er sah Adras an, der über ihm schwebte. Und einen eigenen Geistschatten.

Einmal mehr wurde er an seinen ersten Aufstieg erinnert. Es bestand die Möglichkeit, dass der Geistschatten noch da war, der ihn das letzte Mal herabgestoßen hatte. Wenn sie jedoch Glück hatten, würde er den Körper seines Meisters bewachen, während der in Aenir war.

‚Der Hüter' hatte er sich genannt.

Crow begann zu klettern. Er zog sich mit Leichtigkeit auf den breiten Rücken des ersten Gargoyle. Tal ließ ihm ein wenig Vorsprung, denn er dachte an den Hüter. Vielleicht war er ein freier Schatten …

„Kommst du?", fragte Crow. Er war bereits gute zwanzig Spannen über ihm.

„Ja!", rief Tal. Er begann zu klettern und sprach dann leise mit Adras.

„Adras. Sieh dich aufmerksam um und fang mich, falls ich abrutsche."

„In Ordnung", gab Adras zurück. „Was ist mit der Bohnenstange? Soll ich ihn auch fangen?"

Tal zögerte.

„Ja", sagte er schließlich. „Aber ich muss immer zuerst in Sicherheit sein."

Das Klettern ging schneller als das erste Mal, als Tal es probiert hatte. Crow war schnell und Tal fühlte sich stärker und war zuversichtlicher. Es dauerte nur eine Stunde, dann hatten sie den Schleier erreicht.

Tal hatte sich schon darauf vorbereitet, Crow aufzuhalten, damit er nicht in die dicke Schicht absoluter Dunkelheit hinein kletterte. Doch Crow war von selbst stehen geblieben. Er saß auf dem Kopf eines Gargoyle, hob langsam die Hand und sah, wie sie im Schleier verschwand. Es schien so, als würde sein Arm in einem Stumpf enden. Er versuchte, mit seinem Sonnenstein Licht in den Schleier zu bringen. Doch das Licht konnte die dunkle Barriere nicht durchdringen.

„Das fühlt sich eigenartig an", sagte Crow. Er konnte ein Schaudern nicht unterdrücken, als er seine Hand zurückzog. „Was liegt darüber?"

„Sonnenlicht", sagte Tal. „Vielleicht ein Geistschatten. Ein großer. Er nennt sich der Hüter."

„Er hat mit dir gesprochen?“, fragte Crow. „Ist das nicht ungewöhnlich?“

„Ja“, gab Tal zurück. Er erwähnte nicht, dass er den Hüter für einen freien Geistschatten hielt.

„Wie kommt man durch den Schleier? Gibt es da irgendein Geheimnis … ein *Erwählten*-Geheimis?“

Er konnte den gehässigen Ton bei dem Wort Erwählte nicht unterdrücken.

„Nicht so weit ich weiß“, gab Tal zurück. „Beeil dich nur. Ich kann zuerst gehen, wenn du willst.“

„Gute Idee“, sagte Crow. „Du kannst dich auch mit diesem Hüter herumschlagen. Es macht mir nichts aus, wenn ich nur zusehe.“

„Ich hoffe vielmehr, dass du mir hilfst“, sagte Tal schnell. „Wir hängen zusammen in dieser Sache.“

Er war sich nie sicher, was genau Crow eigentlich meinte. Machte er Witze?

„Adras, du bleibst besser dicht bei mir“, wies Tal seinen Geistschatten an, als er sich dem Schleier näherte. „Halte dich an meiner Schärpe fest. Dir wird die Innenseite des Schleiers vielleicht … nicht gefallen.“

„Weshalb nicht?“, fragte Adras. Er schwebte näher heran und hakte sich mit zwei Fingern in Tals blauer Schärpe ein.

„Er besteht aus absoluter Dunkelheit“, sagte Tal. „So dunkel, dass man das Gefühl hat, nie wieder das Licht zu sehen.“

Adras schwieg. Tal sah, dass es ihm schwer fiel, sich absolute Dunkelheit vorzustellen. Das lag offensichtlich jenseits seiner Phantasie.

„Warte eine oder zwei Minuten, dann komm mir nach", sagte Tal zu Crow. „Kletter so schnell du kannst hindurch. Es hilft dir, davor einmal tief Luft zu holen."

„Weshalb?", fragte Crow.

„Ich bekam das letzte Mal keine Luft", erklärte Tal. „Ich bin mir nicht sicher, ob du im Schleier atmen kannst."

Crow hob eine Augenbraue, so als glaubte er Tal nicht. Doch er sagte nichts.

Tal griff nach oben in den Schleier und sah, wie seine Hände verschwanden. Einen Augenblick hatte er das Gefühl, als wären sie wirklich verschwunden. Er bog seine Finger und bekam etwas zu fassen, an dem er sich festhalten konnte.

„Bis gleich", sagte er. Dann holte er einmal tief Luft und zog sich hoch.

In den Schleier hinein. In die absolute Dunkelheit.

KAPITEL NEUNZEHN

Der Weg hinunter vom Berg des Lichtes war lang. Odris schrie und rief auf dem ganzen Weg, steuerte aber ständig und verzweifelt durch tödliche Windböen und vorbei an plötzlich auftauchenden Felsvorsprüngen.

Irgendwann kamen sie auf den Vorhügeln des Berges auf, wobei sie im Schnee eine tiefe Spur hinterließen.

Milla stand sofort wieder auf, doch Odris hielt sie fest.

„Milla! Was soll die Eile?"

Das Eiscarl-Mädchen gab keine Antwort. Sie begann, Odris wieder durch den Schnee zu schleppen.

„Milla!", versuchte Odris es ein zweites Mal. Dieses Mal streckte sie zusätzlich eine Hand aus und schlug Milla ins Gesicht.

„Lass mich gehen", sagte Milla mit einer seltsam flachen Stimme. Sie schleppte noch immer den Geistschatten hinter sich her. „Ich muss zum Ruinenschiff gehen."

„Etwas ist ganz und gar nicht mit dir in Ordnung", erwiderte Odris. Sie hielt sich an dem Mädchen fest und drehte wieder den Kopf. Milla atmete sehr eigenartig; ihre Nasenlöcher pumpten in einem seltsam hypnotischen Muster.

Odris wollte gerade Millas Nase zuhalten, als jemand anderes Millas Namen rief.

„Milla!"

Odris zuckte zurück, um einen natürlichen Schatten darzustellen, doch es war zu spät. Eine Eiscarl-Frau stand nur ein Dutzend Spannen entfernt im Schnee. Sie stieß gerade ihre Skier weg und hielt ein Messer in der Hand.

„Abscheu!"

Die Eiscarl-Frau sprang auf Milla zu und legte ihr das blitzende Messer ans Kinn. Doch Milla drehte sich weg und das Messer rutschte über ihre Schulter, durchschnitt ihren Fellmantel und traf die Haut.

„Zu mir!", rief die Frau. Durch die mentale Verbindung mit Milla fühlte Odris, wie ein Name in ihr Gedächtnis kam.

Arla. Schildmutter.

Antwortschreie kamen von nicht weit entfernt aus der Dunkelheit.

Arla griff Milla schon wieder an, doch das Mädchen blockte den Hieb ab und warf Arla über seine Schulter. Die Schildmutter machte einen Salto und landete auf den Beinen. Sofort drehte sie sich um, um Millas Gegenschlag abzuwehren.

„Ich muss das Schiff und die Cronen erreichen“, sagte Milla mit ihrer eigenartig flachen Stimme. „Das Ruinenschiff. Die Mutter-Crone.“

„Niemals!“, stieß Arla hervor. „Schattensklave!“

Die beiden gingen noch einmal aufeinander los und tauschten zwei Hiebe aus. Milla wurde wieder von dem Messer verletzt, dieses Mal an der Brust. Doch sie reagierte nicht darauf. Als Arla sich für den nächsten Hieb drehte, sah Odris, dass sie auf einer Seite des Gesichts verletzt war, wo Millas Schlag ihre Gesichtsmaske weggefegt hatte.

„Halt!“, donnerte Odris. Sie fuhr dazwischen, packte Arla mit der einen und Milla mit der anderen Hand, beide am Hals. „Mit Milla stimmt etwas nicht! Sie braucht Hilfe, keine Mordanschläge!“

„Zu mir!“, rief Arla wieder. „Abscheu!“

Milla sagte kein Wort, streckte aber ihre linke, mutmaßlich leere Hand aus. Da verlängerte sich der seltsame Fingernagel, den sie trug, von selbst und durchschnitt Arlas Panzerungen und Felle.

Arlas Schrei erstickte. Odris ließ sie los und zog Milla zurück.

Die Schildmutter versuchte, mit gehobenem Messer nach vorn zu kommen. Doch sie schaffte gerade vier Schritte, bevor sie zusammenbrach. Dunkles Blut floss aus ihrer Brust und breitete sich im makellosen Weiß des Schnees aus.

„Zu mir!", brüllte Odris in einer schlechten Imitation von Arlas Stimme. Dann ließ sie Milla los. Das Mädchen begann sofort wieder zu laufen.

Odris folgte ihr mit besorgtem Händeringen. Millas Verstand schien durch die Kälte oder die Dunkelheit gelitten zu haben. So weit Odris es fühlen konnte, existierte ihr Verstand noch, lag aber hinter einer dicken Schicht aus einem einzigen, sich immer wiederholenden Gedanken.

Das Ruinenschiff und die Mutter-Crone.

Eine weitere Schildmutter tauchte aus der Dunkelheit auf und lief auf Milla zu. Odris schoss nach vorn und stieß sie aus dem Weg, bevor Milla etwas Schlimmeres mit ihr anstellen konnte.

Die Schildmutter schrie Worte, die Odris nicht verstand. Der Schrei wurde aus allen Richtungen der Dunkelheit erwidert. Odris spürte und sah das gedämpfte Leuchten vieler schwacher Lichtquellen überall um sie herum. Dann sah sie eine plötzliche Explosion aus winzigen grünen Lichtern, die hoch in die Luft schossen. Es wäre ein wunderschönes Schauspiel, wäre es nicht offensichtlich ein Alarmsignal gewesen.

Einen Augenblick später wurde es vom plötzlichen Donnern eines tiefen Horns beantwortet. Ein Horn, das in aller Verzweiflung geblasen wurde, so als hinge jemandes Leben daran. Eine Warnung.

Milla lief dennoch weiter, wobei sie zielsicher den festesten Schnee und die dicksten Eisbrocken fand. Sie schien geradezu über der Oberfläche zu schweben, begleitet vom golden flimmernden Licht ihres Sonnensteins und von ihrem Geistschatten, der in seiner vollen Sturmhirten-Größe und -form neben ihr flog.

Die Schildjungfrauen und die Schildmutter, die nach dem Alarm durch das Horn aus dem Ruinenschiff gekommen waren, sahen sie den Hügel hinablaufen, aber es war nicht Milla, die sie sahen. Es war ein blutüberströmtes, von einem Phantomlicht beleuchtetes Monster mit einer dunklen Schattenbestie als Begleitung.

„Speere bereit!“, rief die befehlshabende Schildmutter. „Wartet! Wartet!“

Doch Milla lief weiter und Odris’ Schreie, mit denen sie Milla aufhalten wollte, ließen das Paar nur noch grauenhafter und gefährlicher erscheinen.

„Wartet!“, brüllte die Schildmutter noch einmal. Dann, als das Licht aus Millas Sonnenstein die erste Reihe der Schildjungfrauen traf, ließ die Anführerin den Arm fallen und rief:

„Werft!“

• KAPITEL •
ZWANZIG

Die bleischwere, atemraubende Dunkelheit lastete auf Tal. Er kämpfte sich von einem Handgriff zum nächsten, um hinaus ins Licht zu gelangen.

Gerade noch rechtzeitig fiel ihm ein, dass er die Augen schließen musste, um nicht zu erblinden, wenn er oben herauskam. So wurde er nur von der aufblitzenden Farbe unter seinen Augenlidern und der plötzlichen Wärme auf seinem Gesicht begrüßt.

Langsam öffnete er seine Augen ein wenig und kletterte vollständig aus dem Schleier. Dann setzte er sich auf eine lange Bronzestange, die aus der Wand hervorragte.

Adras hielt sich noch immer an seiner Schärpe fest. Als der Geistschatten in die Sonne kam, stieß er erst einen überraschten Schrei aus und räkelte und streckte sich dann genüsslich in der Sonne.

„Ich habe die Sonne und den Himmel vermisst“, polterte er, viel zu laut für Tals Begriffe. „Sieh mal, da sind Wolken!"

Es gab tatsächlich eine Menge Wolken. Der Sonnenuntergang stand bevor und die Sonne leuchtete rot und tief durch ein Wolkenband am Horizont.

Tal sah sich die Wolken nicht lange an. Er war zu sehr damit beschäftigt, den Turm über ihnen abzusuchen. Hier gab es keine Gargoyles und Steinornamente mehr, nur noch lange Bronzestangen und die goldenen Netze, die dazwischen hingen und junge Sonnensteine trugen – aenirische Juwelen, die langsam die Kraft und das Licht über dem Schleier absorbierten.

Tal interessierte sich dieses Mal nicht für sie. Er suchte nach dem Hüter.

Nicht weit über ihm war ein Balkon. Dort hatte er den Hüter das letzte Mal gesehen. Doch jetzt war der Balkon leer. Auf dem Steg weiter oben gab es auch keinerlei Anzeichen von Bewegung.

Tal sah wieder hinunter zum Schleier. Es war seltsam anzusehen, wie er sich horizontal über den ganzen Himmel erstreckte. Er sah aus, als wäre er fest, wie schwarze Erde, aus der der Rote Turm wuchs. Wenn man nicht wusste, was es war, würde man niemals darauf kommen, dass darunter eine ganze Welt lag.

Im selben Moment schoss eine Hand aus dem Schleier. Finger tasteten verzweifelt nach einem Halt an der Stange.

Noch ein körperloser Arm kam hervor, dann schoss Crows Kopf heraus.

Seine Augen waren weit geöffnet. Tal hatte vergessen, ihn vor der Sonne zu warnen.

Crow schrie auf und warf einen Arm über sein Gesicht. Seine andere Hand verlor den Halt. Seine Finger griffen nach der Stange, als er nach hinten fiel.

Tal packte zu und hielt ihn am Armgelenk fest. Crow griff seinerseits mit überraschender, von Panik genährter Kraft zu.

Es war zu spät. Crow hatte bereits die Balance verloren und stürzte zurück. Tal, jetzt selbst voller Panik, ließ los, doch Crow hielt sich noch immer an seinem Arm fest.

Dann verlor Tal den Halt.

Zusammen fielen sie in den Schleier. Tal streckte die andere Hand aus und schrie nach Adras.

Sie waren nur für den Bruchteil einer Sekunde in der Dunkelheit. Tal spürte, wie Adras ihn mit der gewohnten Grobheit unter den Armen packte. Dann wurde er zurück ins Licht gehoben. Crow hing noch immer an ihm und riss ihm beinahe den Arm aus dem Gelenk, bis Adras hinunter griff und ihn ebenfalls hochzog.

Beide umarmten die Bronzestange, als wäre sie ein lange vermisster Freund. Es dauerte ein paar Sekunden, bevor sie beide etwas sagen konnten.

„Du hättest mich warnen müssen!“, zischte Crow. Seine

Augen waren noch immer zusammengekniffen. „Es ist so hell!"

„Es ist Sonnenuntergang", murmelte Tal zur Verteidigung. „Nicht besonders hell. Außerdem habe ich dir gesagt, dass es hier oben Sonne gibt."

Crow murmelte ärgerlich etwas, doch Tal verstand es nicht. Er behielt den Freivölkler-Jungen müde im Auge. Milla war unter ähnlichen Umständen wenigstens berechenbar gewesen, dachte er. Was ins Crows Kopf vor sich ging, davon hatte er keine Idee.

„Also", sagte Crow schließlich. „Wir sind quitt, Okay?"

„Quitt? Worin?", fragte Tal verdutzt.

Crow sah ihn verächtlich an. „Erspar mir diese dämliche Vorstellung. Wie bist du dahinter gekommen? Ebbitt?"

„Ich weiß nicht wovon du redest", sagte Tal.

„Natürlich", sagte Crow. „Was auch immer du sagst. Wir sollten uns von jetzt an gegenseitig helfen, in Ordnung?"

„Ich dachte, das tun wir schon die ganze Zeit. Das will ich zumindest tun."

Crow grunzte. Er schirmte seine Augen ab und sah nach oben, wobei er vorsichtig die andere Hand an der Stange ließ.

„Dunkelheit!", fluchte er. „Was ist das?"

Tal sah schnell nach oben und stöhnte. Da oben auf dem Balkon lauerte mit Sicherheit der Hüter.

Tal wusste noch immer nicht, was für eine Kreatur dieser

Geistschatten in Aenir war. Der Hüter hatte einen großen, grotesk anmutenden Kopf mit vielen Augen und einem sehr breiten Maul voller winziger, nadeldünner Zähne. Sein Körper war schlangenhaft, lang und kurvig und schlängelte sich hinter dem grauenhaften Kopf.

Er war größer als Adras.

„Sucht nicht die Schätze der Sonne", sagte der Geistschatten, als er wie auf Kommando über den Balkonrand glitt. Seine Stimme war schrill und grauenhaft anzuhören. „Ich bin der Hüter und niemand wird hier vorbeikommen. Nur jene, die die Worte kennen."

Tal starrte nach oben und wartete darauf, dass er vollkommen von der Angst übermannt wurde, die er bei seiner letzten Begegnung mit dem Hüter gespürt hatte. Doch zu seiner eigenen Überraschung war er recht ruhig. Seine Hand kam bereits hoch und sein Sonnenstein leuchtete rot, als er sich auf den Roten Strahl der Zerstörung vorbereitete.

„Adras, halte dich bereit", befahl Tal. Seine ruhige Stimme überraschte ihn noch einmal. „Crow, wenn du irgendetwas gegen dieses Ding unternehmen kannst, dann tu es!"

„Wenn ich nahe genug herankomme", sagte Crow. Er holte etwas aus der Gürteltasche, doch Tal konzentrierte sich zu sehr auf den Hüter, um zu erkennen, was es war.

Der Hüter ließ sich auf die Stange über ihnen fallen. Er wickelte sich herum, als er seinen Kopf für den nächsten Sprung senkte – direkt auf Tal zu.

Tal konzentrierte sich weiter auf seinen Sonnenstein. Er fütterte ihn mit Zorn und Wut und das Rot wurde tiefer und stärker, wirbelte in den Tiefen des Steines umher.

Als der Hüter sein breites Maul öffnete und zum Sprung ansetzte, warf Tal seine Hand nach vorn und sandte die geballte Kraft des Sonnensteins los.

Ein Roter Strahl, zu hell zum Hinsehen, schoss hervor. Ein dünner Speer aus Licht, der sich durch den Kopf des Hüters bohrte. Schattentropfen spritzten aus seinem Hinterkopf. Er schrie und wand sich voller Schmerz und Überraschung.

Tals Erleichterung versiegte, als er die Schattentropfen von der Stange weg- und zum Hüter hinfliegen sah. Nach ein paar Sekunden hatte sich das vom Roten Strahl gebohrte Loch wieder geschlossen und der Hüter bereitete sich erneut zum Sprung vor.

„Niemand wird hier vorbeikommen!“, zischte der Hüter.

„Kannst du ihn stillhalten?“, rief Crow. Es gab keinen Grund zu schreien, doch Tal verstand, weshalb er es tat.

„Nein … ja … Ich weiß es nicht“, rief er zurück. „Adras, pack dir das Ding.“

Adras hatte nur auf den Befehl gewartet. Er donnerte einen Kampfesschrei hinaus und feuerte zwei Schattenblitze auf den Hüter ab. Noch mehr Schattentropfen flogen umher. Als Nächstes saß Adras auf dem Hüter und umfasste ihn mit seinen beiden gewaltigen Armen. Doch der Schlangenkörper war schnell genug, um sich um Adras zu wickeln. Der Sturmhirte grunzte, als der Hüter zudrückte.

Dann senkte der Hüter den Kopf und biss in Adras' Schulter. Adras heulte, drückte selbst noch fester zu und biss zurück.

„Er bewegt sich noch zu sehr!", rief Crow. Er stellte sich jetzt auf die Bronzestange mit der Absicht, zur nächsten hochzusteigen, wo die beiden Geistschatten kämpften und sich gegenseitig bissen. Crow hielt einen seltsamen silbernen Beutel in seiner linken Hand.

Tal starrte nach unten auf seinen Sonnenstein. Es musste etwas geben, um den Hüter zum Stillhalten zu bewegen. Eine Variation der Hand aus Licht! Ein Seil. Etwas! Irgendetwas!

• KAPITEL • EINUNDZWANZIG

Als die Speere durch die Luft schossen, sprang Odris auf Milla, packte sie und segelte mit ihr eine halbe Spanne über dem Schnee weiter. Die Speere flogen über sie hinweg. Odris schoss einfach mit Milla unter sich durch die geschlossene Reihe der Schildjungfrauen hindurch. Messer stachen auf den Rücken des Geistschattens ein, doch sie sanken nur in das Schattenfleisch und prallten zurück.

Odris flog weiter. Vor ihr ragte eine riesige Wand aus goldenem Metall auf, ein Teil des gewaltigen Bauwerks, dessen Umrisse hoch oben in der Dunkelheit verschwanden. An der Seite gab es einen Eingang, der von undeutlichen grünen Lichtern umrandet war.

„Ruinenschiff, Ruinenschiff!", wiederholte Milla. Odris begriff, dass dieses Metallgebäude Millas Ziel war. Vielleicht würde sie wieder zu Sinnen kommen, wenn sie es erreichte.

Wenn sie es erreichte. Odris spürte, wie ein paar Speere in ihren Rücken einschlugen; einige drangen tief genug ein, um sogar Milla zu verletzen. Dennoch schrie das Eiscarl-Mädchen nicht auf.

Odris glitt weiter. Sie hielt sich so tief unten, wie sie es wagen konnte. Manchmal scharrte Milla kurz über den Boden. In der Nähe der Tür schoss Odris hoch, ließ Milla los und drehte sich mit dem Gesicht zu den Verfolgern.

Keine Speere mehr. Dreißig oder mehr Schildjungfrauen zogen ihre langen Messer und liefen in absoluter Stille vorwärts.

Odris baute sich zu ihrer vollen Größe auf und bildete Schattenblitze in ihren Händen. Sie wollte sie gerade auf die Schildjungfrauen schleudern, als sie hinter sich eine Stimme hörte, die mehrere ihr seltsam bekannt vorkommende Befehle rief. Dann schrie die Stimme:

„Halt!"

Die Schildjungfrauen blieben stehen. Odris hätte jetzt ihre Schattenblitze abgefeuert, doch sie konnte sich nicht bewegen. Was auch immer die Worte bedeuteten, sie hatten etwas mit dem Schatten in ihrem Herzen angestellt – mit Millas Schatten. Er hatte sich in ihr ausgebreitet und ihre Muskeln zum Erstarren gebracht.

Odris konnte sich nicht einmal umdrehen, um nachzusehen, wer gesprochen hatte. Sie hörte jetzt nur noch Millas Stimme, die plötzlich ohne Pause etwas von den Aenirern brabbelte, von Sushin, Adras und Odris. Doch alles war völlig durcheinander und machte keinen Sinn.

Dann sprach die Stimme wieder.

„Libbe! Geh zur Crone Dalim und sag ihr, sie soll schnell mit ihrer Medizin kommen. Breg, geh zur Mutter und frag sie nach einer Schattenflasche. Schnell!"

Odris versuchte noch immer, sich umzudrehen. Sie spürte jetzt, dass der Schatten in ihr wieder einschlief – oder was auch immer er normalerweise tat. Sie erlangte jetzt wieder die Kontrolle über sich selbst, wenn auch nur in Teilen. Langsam drehte sie sich um.

Eine Frau mit silberfarbenen Augen in schwarzen Fellen hielt Milla im Arm, die Hand fest auf das Herz des Eiscarl-Mädchens gepresst. Als Odris sich umdrehte, sah die Frau sie an und sagte schnell noch einmal dieselben Worte.

Dieses Mal zeigten sie weniger Wirkung. Odris spürte, wie der Schatten in ihr rumorte, sie jedoch nicht festhalten konnte. Sie drehte sich vollends um und ging einen Schritt nach vorn.

Ein leuchtendes Schwert erschien in der anderen Hand der Frau. Es war eine kürzere Version des Merwin-Horn-Schwerts, das Milla bei ihrem Angriff auf Sushin verloren hatte.

„Komm nicht näher, Schatten", befahl die Frau. „Du wirst dieses Mädchen nicht bekommen."

Odris seufzte und setzte sich.

„Ich will sie doch gar nicht *bekommen*", sagte sie.

Die Frau zuckte zusammen und die Schildjungfrauen keuchten erschrocken auf. Ein paar von ihnen liefen weg, doch die restlichen blieben, wie von der Frau befohlen, in einem Ring um Odris stehen, nicht näher als dreißig Spannen.

„Du sprichst", sagte die Frau. „Es ist lange her, dass wir einen Schatten gesehen haben, der spricht."

„Geht es Milla gut?", fragte Odris. „Für mich fühlt es sich so an, als ob sie krank wäre und außerdem hat sie sich sehr seltsam benommen."

„Milla?", fragte die Frau und sah nach unten. „Wenn das ihr Name ist, dann ist sie sehr weit in das Zehnte Muster vorgedrungen. Ich weiß nicht, ob wir sie wieder herausholen können. Wenn nicht, wird sie sterben."

„Ich will nicht, dass sie stirbt!", heulte Odris. „Was wird dann aus mir?"

Der Geistschatten begann zu weinen. Große Schattentränen rollten herunter und blieben als schwarze Punkte auf dem Schnee liegen.

„Hüte dich vor den Strategien der Schatten", murmelte die Frau. „Lemel, du holst besser die Mutter-Crone selbst und nicht nur eine Schattenflasche."

„Nicht nötig", sagte eine ruhige, leise Stimme. „Ich bin hier."

Eine sehr alte, große Frau hatte gesprochen. Odris sah, dass sie eigenartig milchige Augen hatte. Sie kam zielstrebig nach vorn, holte etwas aus der Tasche, die sie bei sich trug, und zerbrach es unter Millas Nase.

„Ich dachte mir, dass es Milla ist“, sagte die Mutter-Crone. „Wie ich sehe, hat sie ihren Sonnenstein bekommen.“

„Sie sprach seltsame Dinge“, sagte die erste Crone. „Worte, deren Übermittlung sie sich selbst auferlegte, tot oder lebendig. Ich habe sie gehört.“

„Dann werde ich sie auch hören“, sagte die Mutter-Crone. „Können wir sie retten?“

„Wenn du es wünschst“, sagte die jüngere Crone. „Sie ist bei der Wahl der Wege.“

„Bring sie zurück“, befahl die Mutter-Crone. „Ich möchte mehr wissen als nur ein paar Worte. Und du, sprechender Schatten. Wie lautet dein Name und deine Art?“

„Ich bin Odris. Einst Sturmhirtin auf Hriggas Hügel“, sagte Odris. „Und wer seid Ihr?“

„Ich bin die Mutter-Crone des Ruinenschiffs“, sagte die alte Frau. „Ich bin die Weisheit von Danir, das Lebende Schwert von Asteyr.“

„Oh“, sagte Odris. Sie stand auf und verneigte sich.

„Gemäß des alten Gesetzes von Danir ist keinem Aenirer der Zugang zur Dunkelwelt gestattet“, fuhr die Crone fort. „Mit welchem Recht kommst du hierher?“

„Ich kam mit Milla“, erklärte Odris. „Sie wollte Euch davon berichten, dass der Schleier in Gefahr ist, dass die Schlüsselsteine geöffnet wurden und …“

„Halt!“, befahl die Mutter-Crone. „Wir werden mit Milla selbst über diese Dinge reden. Ich frage noch einmal: Mit welchem Recht kommst du in die Dunkelwelt?“

„Ich weiß es nicht“, sagte Odris niedergeschlagen. „Ich wollte nur vom Hügel wegkommen und musste plötzlich Milla folgen.“

„Wir müssen ein Urteil über dich fällen“, sagte die Mutter-Crone. „Wirst du freiwillig in dein Gefängnis gehen oder muss ich dich zwingen?“

Odris sah sich um. Die Schildjungfrauen konnten sie wahrscheinlich nicht verletzten, aber da war die Crone mit dem leuchtenden Schwert. Die Mutter-Crone schien ebenfalls sehr zuversichtlich zu sein, dass sie Odris unterwerfen konnte.

„Ich werde tun, was Ihr wollt“, gab Odris zurück. „Unter einer Bedingung.“

„Wir lassen uns keine Bedingungen stellen“, sagte die Mutter-Crone. „Aber sag mir, was du willst. Vielleicht ist es gar keine Bedingung.“

„Ich möchte, dass Ihr Milla davon abhaltet, sich dem Eis zu überlassen.“

Die Mutter-Crone sah zu Milla hinab. Sie schien jetzt zu schlafen, denn sie atmete normal, während die jüngere Crone ihre Wunden verband.

„Das können wir nicht versprechen“, sagte sie. „Es ist das Recht eines jeden Eiscarls, sich dem Eis zu überlassen. Abgesehen davon muss auch über Milla gerichtet werden. Vielleicht wird unser Urteil lauten, dass sie sich dem Eis überlassen muss."

Odris runzelte die Stirn und schoss hoch in den Himmel. Doch sie wusste, dass sie sich nicht weit von Milla entfernen konnte. Selbst wenn sie der Bindung irgendwie entkommen konnte, so gab es doch kein Licht in dieser Welt. Sie würde sich einfach in Nichts auflösen.

Sie schien keine Wahl zu haben.

„Was ist das für ein Gefängnis?", fragte sie. „Und die Verhandlung? Darf ich meinen Standpunkt darlegen?"

„Ja, du darfst sprechen", sagte die Mutter-Crone. „Und das hier ist dein Gefängnis."

Sie holte eine Flasche aus goldenem Metall aus ihrer Tasche und schraubte den Deckel ab.

„Da passe ich nicht hinein", sagte Odris. „Sie ist zu klein."

„Ich glaube, du wirst überrascht sein", erwiderte die Mutter-Crone. „Willst du es versuchen?"

Odris spürte eine seltsame Macht in der Stimme der alten Frau. Eine Macht, die immer stärker wurde und beim nächsten Mal wie die Blitze eines Sturmhirten aus ihrem Mund hervorschießen würden.

„Oh, in Ordnung!", sagte Odris.

Die Mutter-Crone hielt die Flasche hin. Odris stellte sich auf zwei Beine und beugte sich mit demütig geneigtem Kopf nach vorn.

„Und Ihr seid sicher, dass das groß genug ist?“

Die Mutter-Crone nickte. Odris steckte erst einen Finger in den Flaschenhals, dann einen zweiten. Irgendwie schaffte sie es, ihre ganze Hand und dann den ganzen Arm hineinzubekommen. Schließlich wurde ihr restlicher Körper hineingesaugt wie von einem Wirbelsturm.

Seltsamerweise fühlte Odris sich nicht beengt. Es kam sogar etwas Licht von draußen herein, sodass sie sich auch gut fühlte. Doch als der Deckel zugeschraubt wurde, überkam sie ein eigenartiges Gefühl. In der Flasche gab es Hinweise auf andere Schatten. Schatten, die vor langer Zeit eingesperrt gewesen und nie mehr freigelassen worden waren. Schatten, die sich einfach in nichts aufgelöst hatten …

• KAPITEL •
ZWEIUNDZWANZIG

Tal konzentrierte sich auf seinen Sonnenstein und versuchte, orangefarbenes Licht zu bilden. Adras' Schreie und Fluche und das Zischen des Hüters bekam er noch entfernt mit, doch er blendete sie aus. Das Licht war das Einzige, was jetzt eine Rolle spielte.

Langsam baute sich das orangefarbene Licht vor seinem Ring auf. Es kam als heller, dünner Strang, der mit steigender Höhe dicker wurde, und verfestigte sich zu einem Seil so dick wie Tals Arm. Er zog mehr und mehr davon aus seinem Ring, bis es zwanzig oder dreißig Spannen hoch über ihm aufragte.

Auf Tals Stirn trat Schweiß, als er sich auf das Ende des Seils konzentrierte. Er lenkte es in eine Schlaufenform und versuchte, einen Lassoknoten zu machen. Dann senkte er die entstandene Schlinge über den Kopf des kämpfenden Geistschattens.

Jetzt hing die Schlinge da, gehalten von Tals Konzentration und seinem Sonnenstein. Tal wartete auf die richtige Gelegenheit. Ein paar Mal senkte sich die Schlinge, doch sie zog sich nicht zu. Adras war immer im Weg.

„Ich erwische ihn nicht", flüsterte Tal, nachdem der vierte Versuch mitten in der Luft schief gegangen war, weil Adras wieder direkt unter die Schlinge geriet.

„Adras!", brüllte Crow. „Schieb ihn weg!"

Adras grunzte. Einen Moment machte er keine Bewegung. Dann ließ er plötzlich los und anstatt den Hüter erneut zu greifen, stieß er ihn weg. Im gleichen Moment ließ Tal die Schlinge fallen. Sie rutschte exakt über den Kopf des Hüters. Tal zog sofort zu und das Seil schnitt ins Schattenfleisch der Bestie. Als Adras davonsprang, wickelte er den Rest des Lichtseils um den schlangenhaften Körper und fesselte den Geistschatten an die Bronzestange.

„Schnell! Ich kann ihn nicht lange halten!"

Das war der Moment, auf den Crow gewartet hatte. Er sprang auf die nächst höhere Stange und schwengte sich vor dem zappelnden Geistschatten hoch. Er streifte den Beutel in seiner Hand – der aus einem goldenen Gewebe bestand – über den Kopf des sich windenen Hüters.

„Lass ihn los!", rief Crow, der noch immer den Beutel festhielt.

„Was?", brüllte Tal. „Bist du wahnsinnig?"

Der Kopf des Hüters steckte jetzt in dem seltsamen

Goldbeutel, doch Tal wusste nicht, was das helfen sollte. Der Geistschatten würde sich herausziehen und Crow niederschlagen. Dann würde er Tal und Adras töten.

„Lass das Seil los!"

Tal schüttelte den Kopf. Doch das hatte in etwa denselben Effekt. Er verlor die Konzentration und das Seil begann durchsichtig zu werden. Tal warf Adras einen Blick zu und machte sich für eine schnelle Flucht bereit.

Seltsamerweise zog der Hüter seinen Kopf nicht aus dem Beutel. Stattdessen glitt er sogar noch weiter hinein. Crow hielt die Tasche offen, bis der ganze Geistschatten darin war, zog sie dann an zwei Seilen zu und hängte sie ans Ende der Stange.

„Schade, das war der letzte", sagte er, setzte sich rittlings auf die Stange und klatschte sich den imaginären Staub aus den Handflächen, so als hätte er gute Arbeit geleistet.

„Der letzte wovon?", fragte Tal und starrte den Beutel an.

„Schattensack", erwiderte Tal. „Wir hatten nur drei davon. Jarnil fand sie vor ein paar Jahren. Ich weiß nicht, wo. Er wollte es nicht sagen."

„Kann er da wieder herauskommen?"

„Nur, wenn ihn jemand herauslässt. Jemand Natürliches. Schatten können das goldene Metall nicht berühren. Wusstest du das nicht? Ich dachte, du hast all das im Lektorium gelernt."

„Nein", sagte Tal. „Mir fallen erst jetzt all die Dinge auf, die ich im Lektorium *nicht* gelernt habe."

„Wir machen uns besser wieder auf den Weg", sagte Crow. „Das war ein ziemlich lauter Kampf."

Er begann, auf die nächste Stange zu klettern. Tal sah zu Adras hinüber.

„Alles in Ordnung?"

„Ha!", donnerte Adras. „Ich hätte gewonnen! Er war ein Schwächling."

„Ich glaube das bedeutet wohl eher, dass du schwach bist", sagte Tal. In der Schulter seines Geistschattens waren ein paar Löcher, die ihn aber nicht sonderlich zu stören schienen. Außerdem wusste Tal, dass sich Geistschatten in der Sonne sehr schnell regenerierten. „Los, weiter."

Crow war auf der Stange stehen geblieben und griff in das Netz, um seine Taschen mit Sonnensteinen zu füllen. Doch er hatte sich gerade mal eine Hand voll geholt, da ließ er sie auch schon wieder ärgerlich fallen.

„Das sind ja gar keine Sonnensteine!", rief er wütend.

Tal kletterte zu ihm hoch und nahm ebenfalls ein paar Steine aus dem Netz. Es waren glänzende, schwarze Steine, die nur ganz leicht in ihrem Innern leuchteten.

„Sonnensamen", sagte Tal. Er verschwieg Crow, dass er sie selbst noch nie zuvor gesehen hatte. „Juwelen aus Aenir. Sie müssen die fertigen Sonnensteine erst kürzlich geerntet und diese hier zum Wachsen hinausgebracht haben."

„Was für ein Glück für mich“, brummte Crow. „Lass uns hoffen, dass wenigstens der Schlüsselstein noch hier ist.“

Er begann wieder zu klettern, dieses Mal noch schneller als zuvor.

„Man könnte denken, das hier ist ein Wettrennen“, beschwerte Tal sich. Dann dachte er, dass es möglicherweise eines war. Er wusste nicht, was Crow wirklich hier oben wollte. Oder wofür er sich wirklich bereit erklärt hatte.

„Eine Bindung ohne Blut ist keine gute Bindung“, murmelte Tal. Er griff nach oben zur nächsten Stange und zog sich hoch. „Adras! Hilf mir!“

Der Weg auf den Turm war unerwartet lang – das Bauwerk war über dem Schleier beinahe noch einmal so hoch. Mit Adras' Hilfe holte Tal Crow bald ein, doch die Nacht war hereingebrochen, bevor die Turmspitze in erreichbare Nähe kam.

Ein paar Mal waren sie in Versuchung geraten, auf einen der Balkone zu steigen und für den Rest des Weges die Treppe zu benutzen, doch die Vorsicht hatte die Oberhand behalten. Also blieben sie außen am Turm, bei den Bronzestangen und den Netzen aus geflochtenem Gold mit ihren Sonnensamen. Immer wieder holte sich Crow ein paar davon, um nachzusehen, ob ein richtiger Sonnenstein dabei war – er fand aber keinen.

Irgendwann kamen sie an die letzte Bronzestange. Sie war vielleicht halb so weit vom obersten Steg entfernt, wie

Tal groß war. Sie konnten die Spitze des Turmes, umgeben von einer Krone aus fernen Sternen, in nicht allzu weiter Entfernung sehen. Es drang noch immer Licht ins Freie, jedoch nicht mehr die hellen roten Strahlen der unteren Fenster – es war vielmehr ein gedämpftes, eher pinkfarbenes Leuchten.

Der Turm war hier oben schlanker geworden. Sein Durchmesser betrug nur noch wenig mehr als vierzig Spannen. Tal und Crow saßen auf der Stange und horchten angestrengt in der Hoffnung, etwas aus dem Raum über ihnen zu hören. Doch außer dem Wind und dem leisen Klacken der Sonnensamen in den Netzen drang nichts an ihre Ohren.

„Vielleicht gibt es Fallen", sagte Crow. „Ich sehe besser zuerst einmal nach."

„Vielleicht", sagte Tal. „Fallen aus Lichtmagie. Besser, wir gehen zusammen."

Crow nickte. Er kroch an einer Hand hängend an der Stange entlang und griff mit der freien Hand nach dem Geländer über ihm. Er musste dabei Acht geben, dass er sich nicht an den scharfkantigen Streben schnitt. Tal schob sich neben ihm voran und musste daher etwas weiter hinausgreifen. Adras schwebte neben ihm und stützte ihn mit einer Wolkenhand.

Crow sprang. Einen Moment später folgte Tal ihm nach.

• KAPITEL • DREIUNDZWANZIG

Tal und Crow landeten gemeinsam auf dem Laufsteg. Beide zogen sich an dem scharfkantigen Geländer ein paar Kratzer zu, jedoch keine ernsthaften Verletzungen. Sie blieben vorsichtig an der äußersten Kante des engen Weges stehen und sahen in den Raum hinein, der vor ihnen lag.

Die Spitze des Roten Turmes war ein kuppelförmiger Raum. Er hatte in alle vier Himmelsrichtungen bogenförmige Öffnungen, die in den runden Steg mündeten. Die Decke das Raumes war von einem Mosaik aus winzigen roten Sonnensteinen bedeckt, die wie eine Einfassung aus juwelengefülltem Fels aussahen. Der Boden war rot-weiß gekachelt, allerdings in keinem regelmäßigen oder offensichtlichen Muster.

Von der Decke hing – oder wuchs – genau im Zentrum ein Baum aus rotem Kristall. Sein glatter Stamm war ein paar Spannen lang und teilte sich dann in ein Astwerk, das den größten Teil des Raumes einnahm. Jeder Ast trug eine kleine, silberfarbene Glocke an seiner Spitze.

Tal starrte den Baum an und versuchte dahinter zu kommen, wofür er da war. Am höchsten Punkt der Kuppel sah er mehrere kleine, silberfarbene Hände um den Stamm angeordnet. Sie schienen irgendeinen Zweck zu haben … jede Hand hielt einen dünnen Draht, der in den Stamm des Baumes führte.

„Was ist das?", fragte Crow. Er sprach recht ruhig und zeigte auf den Baum.

„Ich weiß es nicht", flüsterte Tal. Seine Aufmerksamkeit galt nun mehr dem, was sich unter dem Kopf stehenden Baum befand.

Auf dem Boden des Raumes stand ein kristallener Pyramidenstumpf in einem dunkleren Rot, der Tal vielleicht bis zur Brust reichte. Darauf montiert waren zwei silberne Hände, zwischen denen ein großer, pulsierender Sonnenstein klemmte. Es musste der Schlüsselstein sein.

„Ich mag mir all diese Glocken gar nicht ansehen", sagte Crow, der sie mit den geübten Augen eines Diebes untersuchte. „Oder die silbernen Hände."

Dann sah Crow den Schlüsselstein. Er begann loszulaufen, blieb dann aber vor dem Eingang stehen.

„Vielleicht sollten wir Adras vorausschicken?", schlug er vor.

„In Ordnung", sagte Adras, bevor Tal etwas sagen konnte. Der Geistschatten schwebte los. Doch bevor er durch den bogenförmigen Eingang gelangte, flammte der Schlüsselstein hell auf und eine feste Wand aus rotem Licht schloss sich wie eine Tür in dem Durchgang. Adras prallte mit einem überraschten „Uff" zurück.

Das rote Licht verschwand wieder, als er zurückwich und der Schlüsselstein war wieder friedlich.

„Kein Zutritt für Geistschatten", sagte Tal. „Es gibt sicher noch mehr Abwehrmechanismen."

Er sah zu dem Baum hinauf, betrachtete sich noch einmal die Äste mit den Glocken und dann den Boden. Die roten Kacheln schienen jeweils genau unter den Glocken zu liegen.

„Ich glaube, die Glocken läuten, wenn man auf die falschen Kacheln tritt", sagte Tal langsam, als er darüber nachdachte.

„Vielleicht", sagte Crow. „Mal sehen ..."

Er beugte sich vor und drückte mit dem Finger leicht auf eine der weißen Kacheln. Nichts geschah. Crow drückte etwas fester. Noch immer nichts.

„Jetzt die roten", sagte er und schob seinen Finger zur nächsten roten Kachel.

Als sein Finger sie berührte, zuckte eine der kleinen silbernen Hände am Baumstumpf ganz leicht und brachte die Glocke zum Läuten – ein leises, zögerliches Läuten.

„Also lösen die roten Kacheln die Glocken aus", stimmte Crow Tal zu.

Sie sahen beide auf den Fußboden. Die Anordnung der Kacheln schien völlig willkürlich zu sein, doch jetzt wurde ihnen klar, dass es beinahe unmöglich war, den Pyramidenstumpf zu erreichen. Die weißen Kacheln waren nicht groß genug, um einen Fuß darauf zu setzen und die roten Kacheln waren so ausgeklügelt verteilt, dass sie immer dichter lagen, je näher man an den Pyramidenstumpf gelangte. Die weißen Kacheln waren in diesem Bereich schon zu weit voneinander entfernt, als dass man sie erreichen konnte.

„Es muss eine Möglichkeit geben, diesen Baum zum Schweigen zu bringen", sagte Crow.

Tal zuckte mit den Schultern. „Mit den richtigen Worten oder dem richtigen Licht. Aber das falsche würde sie alle zum Klingeln bringen."

Crow sah sich den Baum an, dann den Boden und schließlich Tal.

„Du bist leichter als ich", sagte er. „Ich schätze, ich kann gerade auf diesen beiden weißen Kacheln stehen und dich bis zu diesem Ast hochheben. Dann musst du nur die jeweilige Glocke festhalten, die ich auslöse."

„Ach, und sonst nichts?", protestierte Tal. Er überlegte und sah sich den Baum an. Wenn er so wie die Bäume im Kristallwald gewesen wäre, hätte man an ihm hochklettern können. Doch man würde ebenso leicht herunterfallen oder sich an den dünneren Ästen schneiden können.

„Hast du einen besseren Vorschlag?"

„Ich könnte es noch einmal versuchen“, sagte Adras, der sich noch immer den Kopf rieb.

„Nein“, sagte Tal. „Ich habe keinen besseren Vorschlag.“

Auch ohne einen neuen Vorschlag gingen sie noch einmal um den Turm herum und schauten sich dic anderen drei Eingänge an. Vielleicht sahen der Baum und der Boden ja an einer Stelle anders aus und man konnte ihn leichter überqueren.

Leider war nichts davon der Fall, also kehrten Tal, Adras und Crow zum westlichen Bogen zurück. Die Sonne war mittlerweile vollständig untergegangen, doch der Steg wurde von dem roten Licht beleuchtet, das durch die Torbogen von der Kuppel zurückgeworfen wurde.

Das hellste Licht kam vom Roten Schlüsselstein. Es leuchtete zwischen den silbernen Händen des Pyramidenstumpfs hervor, pulsierend in dem eigenartigen und beunruhigenden Rhythmus eines menschlichen Herzens.

Eines, das langsamer als Tals Herz schlug.

„Bist du bereit?“, fragte Crow.

Tal nickte.

Crow ging mit dem Rücken voraus an den Torbogen heran und drehte den Kopf, um hineinzusehen. Dann stellte er einen Fuß auf Zehenspitzen auf die erste weiße Kachel. Er passte knapp drauf.

Beide Jungen hielten den Atem an. Doch keine Glocke klingelte, kein Licht blitzte auf.

Dann zog Crow seinen zweiten Fuß hinein. Einen Moment sah es so aus, als würde er die Balance verlieren. Er schwankte kurz, fing sich aber sofort wieder. Er faltete die Hände mit den Innenseiten nach oben vor sich, damit Tal sie als Fußstütze benutzen konnte.

Adras half Tal dabei, wobei er Acht gab, nicht zu nahe zu kommen.

Tal, der jetzt draußen von Adras hochgehalten wurde, stellte seinen Fuß in Crows Hände und duckte sich unter dem Bogen hindurch. Adras hielt ihn dabei noch immer am Hemdkragen fest.

„Jetz!", rief Tal.

Adras ließ los, Crow riss seine Hände nach oben und Tal stieß sich ab.

Er flog auf den nächst gelegenen Ast zu.

Doch der schien weiter weg zu sein, als es von außen ausgesehen hatte.

• KAPITEL •
VIERUNDZWANZIG

Milla wachte in einem Traum auf. Sie wusste genau, dass es ein Traum war, denn sie stand mit einem Bein auf der Reling eines schnell dahingleitenden Eisschiffs und ließ sich den kühlen Wind durch die Haare wehen. Sonnensteinlicht beleuchtet den Weg des Schiffes, das immer wieder holperte und kippte, wenn die Kufen über unebenes Eis fuhren.

Nicht weit entfernt sah sie das Brodeln einer großen Masse aus Slepenish, die sich durch das Eis bohrte. Kleine Eisberge kippten und zersprangen, als die Millionen und Abermillionen von Slepenish das Eis in offenes Wasser verwandelten.

Das Eisschiff fuhr geradewegs auf das Loch im Eis und damit seiner sicheren Verstörung zu. Und doch war es noch nicht zu spät, das Schiff zu wenden – es musste nur jemand eine Warnung geben.

Milla versuchte zu schreien, doch es kam kein Ton aus ihrem Mund. Sie versuchte zu winken, doch ihre Arme bewegten sich nicht.

Es machte ihr nichts aus, ihrem Ende im eiskalten Wasser entgegenzusehen, doch sie wollte nicht das ganze Eisschiff mit all seinen Menschen mit sich nehmen. Nicht einmal im Traum.

Eine Hand berührte ihre Schulter. Mit der Hand kam die Freiheit. Milla drehte sich um und sah in das Gesicht der Crone mit den silberfarbenen Augen.

Die Crone nickte.

„Offenes Wasser!", rief Milla. „Dreht ab! Dreht ab!"

Sie schrie die Warnung noch immer, als sie aufwachte.

Die Crone, die sie in ihrem Traum gesehen hatte, war über sie gebeugt. Hinter ihr sah sie den goldenen Schein der Metallwände des Ruinenschiffs.

Sie hatte es geschafft. Sie war nicht tot. Die Crone hatte sie zurückgeholt.

„Versuch nicht aufzustehen", sagte die Crone. „Du warst sehr weit im Zehnten Muster. Du wirst noch ein paar Tage schwach sein."

„Ich muss mit der Mutter-Crone reden", flüsterte Milla. „Schatten. Aenir. Der Schleier."

„Wir wissen schon alles", sagte die Crone. „Du hast es mir erzählt, als du noch in dem Muster warst. Und wir sind durch deine Gedanken gegangen, während du schliefst."

Milla nickte. Jetzt hatte sie ihre Aufgabe erfüllt. Die Cronen wussten, was sie tun mussten.

„Ich werde auf das Eis gehen", sagte sie. „Ich habe die Kraft dafür."

Die Crone schüttelte den Kopf.

„Du musst nicht auf das Eis gehen. Zumindest *noch* nicht. Deine Schattenkameradin und du, über euch beide muss noch gerichtet werden. Wenn du stark genug bist zu tragen, was auch immer für dich beschlossen wird."

„Es wird kein Urteil geben müssen", sagte Milla schwach. „Ich habe meinen natürlichen Schatten verloren. Ich habe einen freien Schatten vom Schloss mitgebracht und …"

Sie runzelte die Stirn, als ihr plötzlich nebelhafte Erinnerungen kamen.

„Habe ich gegen die Schildjungfrauen gekämpft?"

„Ja", sagte die Crone ruhig.

„Arla …", flüsterte Milla. „Ich glaube, mich schwach zu erinnern …"

„Die Schildmutter ist tot", sagte die Crone geradeheraus. „Sie starb mit dem Schwert in der Hand, wie sie es sich gewünscht hätte. Und doch war sie immer schneller mit dem Messer, als mit Worten …"

„Ich … habe Arla getötet?"

Milla ließ den Kopf nach hinten fallen. Sie hatte nur ein paar vage Erinnerungsblitze seit ihrem Ausstieg aus den Heiztunnels. Jetzt sah sie ganz deutlich in ihrem Kopf einen kleinen Teil: Den seltsamen Nagel an ihrer Hand, der quer über Arlas Bauch gefahren war.

„Es war kein fairer Kampf", sagte sie. Die Worte blieben ihr beinahe im Hals stecken. Sie hob ihre Hand, um den seltsamen, von winzigen Sonnensteinen besetzten Fingernagel aus violettem Kristall zu zeigen. „Ich hatte Erwählten-Magie."

Die Crone schüttelte den Kopf.

„Es war kein Stammeskampf, weshalb hätte er also fair sein sollen? Außerdem war Arla eine Schildmutter, stärker und erfahrener als du. Und dieser seltsame Fingernagel ist keine Erwählten-Magie."

„Was dann?", fragte Milla. Ihre Stimme war nur sehr schwach und brach beinahe vollends, als sie versuchte, bei Bewusstsein zu bleiben.

„Er gehört uns", sagte die Crone. „Einer von zweien, die vor langer Zeit für Danir angefertigt wurden. Einen behielt sie und einen gab sie weg. Beide sind seit mehr als tausend Umrundungen verschollen."

Milla hörte die Stimme der Crone von weit, weit weg. Sie versuchte zu antworten, konnte es aber nicht.

Bewusstlosigkeit kam über sie.

Als sie wieder zu sich kam, waren drei Cronen und viele Schildjungfrauen in ihrem Zimmer.

„Die Mutter-Crone hat beschlossen, dass ein Urteil über

dich gesprochen wird“, sagte die älteste, die Crone mit den milchigen Augen. „Bist du stark genug, um zu tragen, was auch immer dein Schicksal sein soll?“

Milla nickte. Sie war unfähig zu sprechen und konnte die Schildjungfrauen nicht ansehen. Sie rückten enger zusammen, als Milla zittrig und mit der Hand auf dem Schwertgriff aufstand.

„Folge mir“, sagte die ältere Crone. Sie zog den Fellvorhang zurück und ließ Milla heraus. Die anderen Cronen kamen ihr nach, doch rechts und links von Milla blieb je eine begleitende Schildjungfrau.

Es ging nur langsam voran. Milla hatte sich noch nie so erschöpft gefühlt. Sie konnte kaum einen Fuß vor den anderen setzen, schaffte es aber irgendwie, vorwärts zu kommen. Die Schildjungfrauen blieben stehen, wenn sie stehen blieb. Die Cronen hingegen boten ihr keine Hilfe an.

Irgendwann kamen sie zu einer breiten Tür, deren Fellvorhänge bereits zur Seite gezogen waren. Die Cronen gingen mit Milla hinein, die Schildjungfrauen blieben draußen. Sie zogen die Felle zu, sobald die letzte Crone im Raum war.

Milla hatte ihren Blick während des gesamten Weges auf ihre Füße gerichtet. Jetzt hob sie langsam den Kopf.

Sie waren in einen großen Saal gekommen, etwa so groß wie der Saal des Reckoner. Doch dieser Saal war beinahe leer – ein großer Raum mit golden glänzenden Metallwänden, einem Boden und einer Decke, die ebenfalls gold glänzten.

Es gab nirgendwo Sonnensteine, dafür waren hunderte von Laternen mit brennendem Selski-Öl konzentrisch um die einzigen Gegenstände im Saal angeordnet – einen Tisch mit einem Stuhl aus weißem Knochen, der mitten in dem Raum stand.

Milla wurde an den Tisch geführt und auf den Stuhl gesetzt. Die beiden jüngeren Cronen fesselten sie an den Hand- und Fußgelenken mit Streifen aus Selski-Haut. Sie zogen die Fesseln straff an.

Milla leistete keinen Widerstand.

Dann drehten die Cronen den Ring an ihrem Finger, sodass sie den Sonnenstein nicht mehr sehen konnte, und zogen sich an die Wände zurück.

Milla saß schweigend da und wartete. Außer ihr und den drei Cronen war niemand in dem riesigen, stillen Raum.

Sie war zu müde, um darüber nachzudenken, was als Nächstes geschehen würde. Was *konnte* überhaupt noch geschehen? Sie hatte einen Schatten zum Ruinenschiff gebracht und eine Schildmutter getötet. Sie würden wahrscheinlich das Gebet von Asteyr bei ihr anwenden und sie hinausschicken, damit sie sich vor das Lebende Meer der Selski stellen würde. Ihr Name würde zu einem Fluch werden, ein Wort, das man ausspucken musste. Ein Ballast der Verachtung, den der Clan der Far-Raider noch viele Umrundungen lang tragen müsste.

Sie hatte sich selbst in Ungnade gebracht, ihren Clan und

ihr ganzes Volk. Jetzt war sogar ein selbst gewähltes, sauberes Ende auf dem Eis außer Reichweite geraten.

Milla schloss die Augen und schob ein klein wenig ihr Kinn vor – ein winziges äußeres Zeichen der Verzweiflung, die in ihr herrschte.

Dann hörte sie, wie der Vorhang sich öffnete. Sie sah wieder auf.

Cronen kamen in den Raum. Viele Cronen, mehr als Milla jemals gesehen hatte. Scharen von Cronen, von ganz jungen mit hellblauen Augen bis hin zu den ältesten, milchäugigen, alle ganz in Schwarz gekleidet. Sie verteilten sich entlang der Wände. Das einzige Geräusch, das es zu hören gab, war das leise Scharren ihrer Füße und Roben.

Milla sah, dass es hunderte waren. Cronen von jedem Clan und jedem Schiff. Vielleicht war sogar ihre eigene Crone von den Far-Raidern da.

Milla ließ wieder beschämt den Kopf sinken. Sie wollte die Crone nicht ansehen, die so große Hoffnung in sie gesetzt hatte.

Schließlich kam die Mutter-Crone des Ruinenschiffs herein. Während sich alle anderen Cronen an den Wänden aufgestellt hatten, schritt sie mitten durch den Raum – eine große Gestalt, deren Schatten neben ihr im Licht der Laternen flackerte.

Sie blieb an dem Stuhl stehen, schraubte den Deckel von einer Flasche unter ihrem Arm und stellte sie neben Milla.

Dann begab sie sich hinter den Stuhl und hob die Arme hoch.

Es herrschte vollkommene Stille in dem Raum und keine der Cronen bewegte sich.

Die Stille dauerte an. Niemand rührte sich. Milla hielt den Atem an.

Schließlich sprach die Mutter-Crone mit leiser Stimme. Das Echo hallte von den Wänden zurück.

„Heute entscheiden wir über das Schicksal von Milla von den Far-Raidern, Tochter von Ylse, Tochter von Emor, Tochter von Rohen, Tochter von Clyo in der Linie von Danir seitdem das Schiff zur Ruine wurde."

„Bevor über dieses Schicksal entschieden wird", fuhr die Mutter-Crone nach einer Pause fort, „müssen wir die Worte von Milla von den Far-Raidern hören. Denn sie hat Übles über uns gebracht und die Neuigkeiten, die sie bringt, müssen mit ihrem Schicksal abgewogen werden."

„Was … was soll ich sagen?", fragte Milla.

„Alles", gab die Mutter-Crone zurück. „Beginne damit, wie du das Ruinenschiff mit dem Erwählten Tal auf deiner Suche nach einem Sonnenstein verlassen hast. Erzähl uns alles."

Milla räusperte sich und begann langsam zu reden. Sie erzählte den versammelten Cronen von ihrer Reise zum Schloss, dem Skelett mit dem Sonnenstein, vom Großonkel Ebbitt und dem Angriff der Garde, dem Saal der Albträume, dem Mausoleum, dem Übertritt nach Aenir, den Sturmhirten, Tals Gebrauch des Gebetes von Asteyr, wie Odris an sie gebunden wurde, während sie ohnmächtig gewesen war, von dem Rätselteich in der Wüste, dem Dämmerhaus, von Zicka der Eidechse, Asteyrs Schiff, dem Kodex, Sushin und dem Merwin-Horn-Schwert, von den Schlüsselsteinen und der Gefahr, die dem Schleier drohte … alles sprudelte nur so aus ihr hervor.

Die Cronen hörten schweigend zu. Es lief lediglich von Zeit zu Zeit eine Welle der Unruhe durch die Reihen, so zum Beispiel, als Milla von Asteyrs Schiff sprach.

Sie hörten zu und hatten ihre seltsamen blauen, silberfarbenen oder milchig-weißen Augen auf Milla gerichtet. Und während sie zuhörten, fällten sie ihr Urteil.

• KAPITEL • FÜNFUNDZWANZIG

Tal fürchtete, dass die Glocke sowieso läuten würde, als er den Ast berührte. Doch das tat sie nicht. Er schwenkte ein Bein über den Ast und war dankbar, dass er rund war und keine scharfen Kristallkanten hatte.

„Diese Glocke", sagte Crow und zeigte auf einen Ast, der vielleicht eine Spanne entfernt war.

Tal balancierte sich auf dem Ast aus und lehnte sich vornüber. Er schob seine Hand an dem Schaft entlang zu der Glocke und hielt das Seil fest, damit sie nicht läuten konnte.

„Weiter", sagte er.

Crow nickte und sprang. Sein Fuß landete zum Teil auf einer weißen Kachel und zum Teil auf einer roten. Als er landete, zuckte das Seil unter Tals Hand, doch weil er es fest im Griff hatte, läutete die Glocke nicht.

„Diese dort", sagte Crow und zeigte.

„Aber diese wird klingeln, sobald ich loslasse“, protestierte Tal. Er spürte die Spannung, unter der das Seil noch stand. Er blickte nach oben und sah, wie die silberne Hand ergebnislos zuckte.

„Du kannst beide festhalten“, sagte Crow zuversichtlich, machte sich aber nicht die Mühe, hochzusehen.

Tal seufzte und versuchte, die Situation einzuschätzen. Wenn er sich über zwei Äste hinweg ausstrecken würde, hätte er eine Chance, beide Glocken festzuhalten. Er konnte aber auch ebenso gut herunterfallen.

„Kannst du nicht in die andere Richtung gehen?“, fragte er.

„Nein“, sagte Crow, der auf Zehenspitzen stand. „Mach schon!“

Tal verzog das Gesicht und streckte sein Bein aus. Er prüfte seinen Halt und verlagerte sein Gewicht, während er die ganze Zeit die erste Glocke festhielt.

Er schaffte es, musste jedoch das Seil der ersten Glocke nun auch als zusätzliche Stütze benutzen. Es war eine ziemlich unbequeme Lage, doch er erreichte die zweite Glocke – wenn auch nicht ihr Seil. Also griff er in die Glocke hinein und hielt den Schlegel fest.

„Los!“, keuchte er.

Crow sprang wieder. Tal spürte, wie das Seil und der Schlegel unter seinen Händen zuckten.

„Jetzt diese!“, rief Crow. Doch Tal konnte ihn nicht mehr

sehen. Er war der falschen Richtung zugewandt und empfindlich ausbalanciert.

„Ich sehe nichts“, rief Tal.

„Hol’s die Dunkelheit!“, fluchte Crow. „Lass die erste Glocke los und dreh dich um.“

„Das geht nicht!“, sagte Tal. „Dann falle ich.“

„Vertraue keinem Erwählten!“, stieß Crow hervor. „Ich bin nur noch zwei Kacheln entfernt! Schwing dich am Schlegel dieser Glocke rüber!“

„Das sagt du so!“, rief Tal wütend. Er hielt sich mit nur drei Fingern an dem Schlegel fest.

Crow gab keine Antwort.

Tal versuchte, seinen Kopf zu drehen, um den Freivölkler-Jungen ins Blickfeld zu bekommen, doch es gelang ihm nicht.

Stattdessen holte er tief Luft und ließ das Seil los. Jetzt hing sein ganzes Gewicht an seinem unsicheren dreifingrigen Griff und einem kleinen Glockenschlegel.

Er schwenkte sich herum, bekam seine Beine über einen höher gelegenen Ast und blieb kopfüber hängen, die Finger noch immer an dem Schlegel. Die Glocke war jetzt so weit nach oben gerichtet, wie es nur möglich war.

„Und? Ist das jetzt besser?“, fragte Tal sarkastisch.

Crow sah nach oben und brach in ein ehrliches, unerwartetes Lachen aus. Er versuchte etwas zu sagen, doch das Lachen war stärker. Er schüttelte sich so sehr, dass er sich kaum noch auf den Zehenspitzen halten konnte.

„Das ist nicht komisch!“, rief Tal.

Crow hörte auf zu lachen und wischte sich die Augen trocken.

„Ich weiß“, sagte er stirnrunzelnd. „Ich weiß auch nicht, weshalb ich lachen musste. Kannst du diese Glocke loslassen, wenn ich bis drei zähle, und die links von dir festhalten?“

Tal sah sich die Glocke an, auf die Crow zeigte. Er würde kopfüber hängen bleiben müssen, sich hinüberschwingen, den Ast mit einer und die Glocke mit der anderen Hand greifen müssen. Und das alles in der kurzen Zeit, die Crow benötigte, um auf die nächste Kachel zu springen.

„Ich kann es versuchen“, sagte er. „Was soll das nutzen?“

Wenn Crow dorthin sprang, musste er sich auf einer einzigen roten Kachel auf Zehenspitzen ausbalancieren und den anderen Fuß in der Luft halten.

„Ich kann es schaffen“, sagte Crow. „Bei drei, in Ordnung?“

„Ich bin bereit“, bestätigte Tal.

„Eins. Zwei … drei!“

Er sprang. Tal schwenkte sich hinüber. Crows Fuß kam einen Sekundenbruchteil vor dem Moment auf, in dem Tals Hand das Seil zu fassen bekam.

Die Glocke läutete einmal.

Beide Jungen erstarrten in der Bewegung und warteten darauf, dass die anderen Glocken ebenfalls zu läuten beginnen würden oder sonst etwas geschah. Doch abgesehen von dem Seil, das in Tals Hand zuckte, blieb der Baum still.

„Einen Augenblick, ich bin gleich da", sagte Crow. Er hatte die Arme ausgestreckt, um seine ohnehin schon unsichere Balance zu halten. Einen Fuß hatte er hinter sich gestreckt. „Wenn ich es so weit schaffe."

Tal sah sich die Kacheln an, über die Crow noch springen musste. In der Nähe des Pyramidenstumpfs gab es überhaupt keine weißen Kacheln mehr. Crow würde sich einmal mehr auf einer einzelnen roten Kachel ausbalancieren müssen. Und was noch schlimmer war: Tal hatte keine Ahnung, welche Glocke zu welcher Kachel gehörte – die Glocken lagen über diesem Punkt sehr eng zusammen.

Außerdem musste er sich in diesen Bereich hochschwingen, es lag aber ein Ast dazwischen.

„Ich glaube nicht, dass ich die richtige Glocke erwischen werde", sagte Tal besorgt.

Crow versuchte nach oben zu sehen, musste aber sofort innehalten, als er beinahe die Balance verlor.

„Du musst aber", sagte er. „Ich kann hier nicht so bleiben. Bei drei?"

„Nein!", rief Tal unvermittelt. „Was ist, wenn du auf die Pyramide springst und die Hände erwischst? Würdest du dann noch den Boden berühren?"

Crow sah zum Pyramidenstumpf hinüber. Die Hände lagen ungefähr auf derselben Höhe wie sein Hals. Es war ein weiter Sprung, vor allem von einem Bein aus. Doch wenn er die Hände zu fassen bekommen würde, könnte er sich mit angezogenen Beinen daran festhalten, zumindest so lange, bis Tal die richtige Glocke gefunden und sie stillgelegt hatte.

„Das schaffe ich", sagte er zuversichtlich. „Bleib, wo du bist."

Er ging auf einem Bein in die Hocke, wobei seine Zehen schmerzten. Langsam lehnte er sich nach vorn. Seine Arme zitterten bei dem Versuch, die Balance zu halten. Seine ganze Aufmerksamkeit galt dem Pyramidenstumpf und den silbernen Händen. Er würde weit genug springen und sie zu fassen bekommen. Er würde es schaffen. Er *musste* es schaffen.

Er wollte gerade springen, als ihm ein furchtbarer Gedanke kam.

Was wäre, wenn die Hände nicht fest an dem Pyramidenstumpf angebracht waren?

• KAPITEL •
SECHSUNDZWANZIG

Irgendwann verstummte Millas heisere und erschöpfte Stimme. Sie befeuchtete ihre Lippen und wartete eine Ewigkeit auf das, was da als Nächstes kommen würde.

„Jetzt werden wir den sprechenden Schatten anhören", sagte die Mutter-Crone. Sie stampfte mit dem Fuß neben der Flasche auf und ein klingendes Geräusch ertönte, so als ob Metall auf Metall geschlagen hätte. Der Deckel war bereits abgeschraubt.

Odris floss in einer unbeschwerten Bewegung heraus, baute sich neben Milla zu ihrer vollen Größe auf und warf einen Schatten auf die Mutter-Crone. Doch die Eiscarl-Frau zuckte weder zusammen, noch tat sie einen Schritt zurück.

„Odris, Schatten des Sturmes", sagte sie, „du hast gehört, was Milla von den Far-Raidern gesagt hat. Willst du irgendeinem Teil ihrer Geschichte widersprechen?"

„Nein", sagte Odris. „Ich wollte nur sagen, dass ich Milla

gern ihren Schatten zurückgeben würde, wenn nur jemand wüsste, wie es geht.“ Nach einer kurzen Pause fügte sie hastig hinzu: „Aber nur, wenn es mich nicht umbringen würde oder etwas in dieser Richtung. Ich meine, ich will doch nur mit Adras zurück nach Aenir.“

„Du wurdest nach dem Vergessen geboren, oder nicht?“, fragte die Mutter-Crone.

Odris nickte.

„Dann darf man dich nicht für den Krieg gegen unser Volk richten“, betonte die Mutter-Crone.

„Gut“, sagte Odris. „Können wir dann gehen?“

„Nein.“ Die Mutter-Crone ging zurück hinter Millas Stuhl und sprach über Millas Kopf hinweg zu den versammelten Cronen.

„Milla von den Far-Raidern wird gemäß ihrer eigenen Worte beschuldigt, einen freien Schatten auf das Eis gebracht und die Schildmutter Arla erschlagen zu haben, Tochter von Halla, Tochter von Luen, Tochter von Rucia, Tochter von Nuthe in der Linie von Gretir seitdem das Schiff zur Ruine wurde. Ihr habt Milla gehört, seid in ihren Träumen gewandelt und habt durch ihre Augen gesehen. Welche Bestrafung soll ihr zuteil werden und was soll mit dem Schatten geschehen, der an ihrer Seite steht?“

Niemand rührte sich. Dann kam eine Crone mit silberfarbenen Augen nach vorn. Sie machte ein Dutzend langsame, irgendwie bedrohlich anmutende Schritte.

Schließlich stand sie genau vor Milla. Sie schwieg.

„Aus Gründen der Fairness", sagte die Mutter-Crone nach einer oder zwei Minuten, „werden wir mit der Stimme sprechen und nicht mit den Gedanken."

Die Crone sah irritiert aus. Doch dann sprach sie.

„Ich bin Jerrel, die Schwester von Halla, Mutter der Schildmutter Arla. Ich frage mich: Weshalb überhaupt noch etwas sagen? Die Verbrechen sind offensichtlich. Sie ist nicht gesund genug, um auf das Eis zu gehen. Lasst sie zerbrechen und verfüttert sie den Wreska ihres Clans. Und möge unter dem Namen ... *Milla* ... niemals mehr ein Eiscarl geboren werden."

Milla schloss die Augen. Dies war beinahe die schlimmste Bestrafung, eine der Möglichkeiten, die sie nicht in Betracht gezogen hatte. Wenn sie sie doch nur sauber und schnell auf das Eis gehen ließen!

Eine andere Crone trat zwölf Schritte vor und stellte sich auf gleicher Höhe, aber mit etwas Abstand, neben Jerrel auf. Sie war älter, ihre Augen waren noch immer leicht silbrig, aber bereits mit einer Andeutung von Milchigkeit.

„Ich bin Kallim, Clirs Tochter, Schwester von Rucia", sagte sie. „Ich habe Milla gehört, bin in ihren Träumen gewandelt, ebenso wie ich im sterbenden Traum von Arla, der Tochter der Tochter meiner Schwester wandelte. Was den Totschlag betrifft, so sage ich, dass es sich um einen gerechten Kampf gehandelt hat und keinen Mord und dass es daher keine Bestrafung geben kann. Was den Schatten betrifft, so kam er zwar mit Milla, doch sie hatte keine Wahl bezüglich seines Mitkommens. Wir müssen auch in Betracht ziehen, dass sie uns einen großen Gefallen mit der Überbringung der Nachrichten über das Übel der Erwählten und die Gefahr, die dem Schleier droht, getan hat. Diese Nachrichten hätten ohne den Schatten nicht überbracht werden können. Also sage ich, dass auch dieser Punkt als schuldlose Handlung zu betrachten ist."

Milla hörte fassungslos zu. Diese Crone sagte, dass es gar keine Bestrafung geben sollte!

Es kamen keine Cronen mehr nach vorn, um zu sprechen. Doch nach ein paar Minuten versammelten sich mehr und mehr von ihnen hinter Jerrel oder Kallim und zeigten damit ihre Unterstützung der jeweiligen Crone an.

„Sie reden", flüsterte Odris, die sich neben Milla niedergelassen hatte. „In ihren Köpfen. Ich kann es beinahe hören. Wie das Flüstern des Windes."

Milla sah zu. Sie hatte all ihre Hoffnung aufgegeben, doch jetzt flammte wieder ein kleiner Funke der Zuversicht in ihr auf. Vielleicht gab es doch eine Chance, dass man ihr vergab, dass sie doch noch eine Schildjungfrau werden konnte …

Es war jedoch so, dass sich eine furchtbar große Menge an Cronen hinter Jerrel aufgereiht hatte, der Crone, die ihre Verfütterung an die Wreska gefordert hatte. Mehr als hinter Kallim.

Nach ein paar Minuten gab es keine weiteren Bewegungen mehr unter den Cronen. Milla war sich nicht ganz sicher, doch es sah so aus, als stünde mehr als die Hälfte von ihnen hinter Jerrel. Wenn hier dieselben Regeln galten wie bei einer normalen Schiffsabstimmung, dann bedeutete es, dass Jerrel gewonnen hatte.

Milla würde ehrlos sterben und ihr Name würde für immer gebannt sein.

Sie schloss die Augen und öffnete sie erst wieder, als sie hörte, wie die Cronen sich wieder bewegten.

Eine dritte Crone, deren Augen vollkommen milchig waren, schritt zum anderen Ende des Raumes. Als sie dort ankam, sprach sie.

„Ich bin die Mutter-Crone der östlichen Clans", sagte sie mit einer tiefen, kraftvollen Stimme. Millas Nackenhaare stellten sich dabei auf. „Ich sage, dass es noch eine dritte Möglichkeit gibt, das Schicksal von Milla von den Far-Raidern und des Schattens Odris zu besiegeln."

Ein Raunen lief durch die Reihen der Cronen. Es war nur ein ganz leichtes, aber genug für Milla, um es wahrzunehmen.

Eine dritte Möglichkeit?

„Ich sage, dass sie für ihre Untaten aus ihrem Clan ausgestoßen werden soll", verkündete die Mutter-Crone. „Und ihr Name soll ihr genommen werden."

Milla unterdrückte ein Schluchzen. *Das* war die übelste Bestrafung. Selbst wenn sie den Wreska zum Fraß vorgeworfen würde, so wäre sie noch immer ein Mitglied ihres Clans gewesen und man würde sich an ihren Namen erinnern, wenn er auch nicht mehr benutzt werden durfte.

Ausgestoßen zu werden, war wie eine Auslöschung, so als wäre man niemals ein Eiscarl gewesen.

„Für ihre Taten und für das Blut, das an ihren Händen klebt", fuhr die Mutter-Crone fort, „nehmt die Ausgestoßene dann in den Clan des Ruinenschiffs auf, gebt ihr den Namen Milla und bestätigt ihn in ihrer Ahnenreihe."

Milla verschluckte sich beinahe. Wie konnte sie erst von den Far-Raidern ausgestoßen werden und in der nächsten Minute vom ältesten Clan der Eiscarls aufgenommen werden?

„Und dann lasst diese neue Milla, Milla vom Ruinenschiff, Trägerin der Kralle von Danir, das Kommando bei der Expedition führen, die wir planen", sagte die Mutter-Crone der östlichen Clans. „Doch da sie mit einem Schatten unterwegs war, lasst uns sie und ihren Schatten-Begleiter an die Aufgabe binden, die vor uns liegt."

„Was für eine Expedition?", fragte Milla. „Wie kann man mich verstoßen und gleich wieder aufnehmen? Was … was hat das alles zu bedeuten?"

Niemand gab ihr eine Antwort. Alle Cronen bewegten sich hinter die Mutter-Crone der östlichen Clans.

• KAPITEL •
SIEBENUNDZWANZIG

Crow bekam die silbernen Hände zu packen, doch seine Knie schlugen gegen den Pyramidenstumpf. Es tat zwar weh, doch seine Füße berührten den Kachelboden nicht und die silbernen Hände saßen fest. Einen Moment hing er an ihnen, dann zog er sich hoch und legte seine Arme um die beiden Hände an der Spitze der Pyramide.

Über ihm schaffte Tal es, sich in eine bequemere und sicherere Position zu manövrieren, indem er sich rittlings auf einen Ast setzte, von dem er geradewegs auf den Schlüsselstein sehen konnte.

Crow und Tal starrten beide den Stein an – Crow aus einer handbreit entfernt und Tal von fünf Spannen weiter oben.

Der Schlüsselstein war ein großer Sonnenstein, vielleicht so groß wie der Kreis, den man mit Daumen und Zeigefinger bilden konnte. Er leuchtete tiefrot und pulsierte mit der langsamen Regelmäßigkeit eines Herzens.

Crow ging plötzlich näher heran und untersuchte den Stein näher.

„Da … ist etwas drin!“, sagte er. „Ich sehe eine Frau!“

Tal beugte sich weiter nach unten. Er war allerdings zu weit entfernt, um irgendwelche Details erkennen zu können. Der Stein sah für ihn einfach nur rot aus.

„Und bei der Frau ist ein Schatten“, sagte Crow. „Kleiner als sie, ein hüpfendes Tier … mit einem langen Schwanz.“

„Es muss die Wächterin des Schlüsselsteins sein“, sagte Tal. „Jarnils Kusine Lokar und ihr Geistschatten. Was macht sie?“

„Sie schwebt nur umher, so als wäre der Stein mit Wasser gefüllt.“ Crow schüttelte perplex den Kopf. „Und ihr Geistschatten umkreist sie dabei die ganze Zeit hüpfend.“

„Kannst du den Stein berühren?“, fragte Tal. Es musste irgendeine Möglichkeit geben, die Wächterin herauszubekommen oder Kontakt mit ihr aufzunehmen.

Crow nickte und verlagerte sein Gewicht auf eine Hand. Dann griff er schnell hinüber und berührte den Stein.

Er kippte beim Griff der silbernen Hände leicht zur Seite und fiel beinahe auf den Boden.

Einen Augenblick später nahm das rote Licht an Intensität zu und eine Stimme kam aus dem Schlüsselstein.

„Wer weckt mich? Wer ist das? Rede mit mir!“

„Ich bin Tal Graile-Rerem“, rief Tal. „Bei mir ist Crow vom Freivolk.“

„Wer?“, fragte die weibliche Stimme aus dem Stein. „Rems Sohn? Und Crow, Bennems Bruder?“

„Ja“, gab Crow zurück. Er war vollkommen überrascht, dass sie seinen Bruder kannte.

„Seid Ihr Lokar, die Wächterin des Roten Schlüsselsteins?“, fragte Tal.

„Das bin ich“, sagte die Frau in dem Schlüsselstein. „Sei schnell und fokussiere meinen Sonnenstein auf den Schlüsselstein. Rotes Licht der zweiten Intensität wird mich befreien.“

„Äh, wir haben Euren Sonnenstein nicht“, gab Tal zurück. „Kann ich nicht meinen benutzen?“

Als Erwiderung kam nur Schweigen und dann ein unterdrücktes Schluchzen.

„Nein“, sagte Lokar schließlich. „Ich hatte gehofft, dass ihr zu meiner Befreiung gesandt wurdet.“

„Wir würden Euch gern befreien, wenn wir es könnten“, sagte Tal. „Wo ist Euer Sonnenstein?“

„Ich weiß es nicht“, sagte Lokar. „Aber ich habe ihn benutzt, um den Schlüsselstein zu öffnen und dabei wurde er mir abgenommen. Also hat, wer auch immer mich hier eingesperrt hat, auch noch den Sonnenstein. Hat der Schleier … macht der Schleier …?“

„Er funktioniert noch“, sagte Tal zu ihr.

Ein erleichtertes Seufzen kam aus dem Schlüsselstein.

„Dann bewacht die Imperatorin noch immer die Geheimnisse des Violetten Schlüsselsteins“, sagte Lokar. „Zumindest sind wahrscheinlich noch andere Schlüsselsteine verschlossen. Rerem könnte es wissen. Hat er euch geschickt?“

„Nein“, sagte Tal. Seine Kehle war plötzlich staubtrocken. „Wir nehmen an, dass er wie Ihr gefangen ist. Im Orangefarbenen Schlüsselstein. Wie … ich meine … wie seid Ihr da hinein gekommen?“

„Die Schlüsselsteine sind an den Schleier und die Wächter an die Schlüsselsteine gebunden“, erklärte Lokar. „Ich kam her, um den Schlüsselstein neu einzustellen, was jedes Jahr getan werden muss. Ich habe ihn geöffnet, doch irgendwie wurde mir mein Sonnenstein abgenommen, als ich hinein ging. Ohne meinen eigenen Stein gab es keinen Weg mehr heraus und ich konnte den Schlüsselstein von innen nicht wieder verschließen.“

„Wer nahm Euch Euren Sonnenstein weg?“, fragte Crow.

„Ich weiß es nicht“, gab Lokar zurück. „Jemand, der die Barrieren und die Glocken des Turms überwinden kann. Jemand mit altertümlichen Kenntnissen, jemand, der sich wirklich in Lichtmagie auskennt.“

„Der Dunkle Vizier?“, fragte Tal. „Sushin?“

„Sushin ist der Dunkle Vizier?“, fragte Lokar offensichtlich konsterniert. „Das hätte ich nicht gedacht … die Imperatorin würde doch niemanden wie ihn dazu berufen … Was ist denn im Schloss los?“

„Wir haben keine Zeit, darüber zu reden“, unterbrach Crow die Frage. „Kann ich den Schlüsselstein hier wegbringen?“

„Ja“, sagte Lokar. „Aber er muss hier bleiben, um den Schleier mit Energie zu versorgen. Er könnte verloren gehen oder außerhalb des Schlosses zerstört werden. Lasst ihn hier und sucht meinen Sonnenstein.“

„Ich nehme keine Anweisungen von Erwählten entgegen“, sagte Crow. Er verlagerte wieder sein Gewicht und griff zwischen den silbernen Hände nach dem Schlüsselstein.

„Nein!“, rief Tal. „Lass ihn dort!“

Crow ignorierte ihn. Als er den Schlüsselstein anhob, öffneten sich die silbernen Hände mit den Handflächen nach oben.

Crow verlor die Balance. Er hielt sich verzweifelt mit den Knien an dem Pyramidenstumpf fest und versuchte gleichzeitig den Schlüsselstein festzuhalten.

Er schaffte es nicht. Ein Fuß rutschte ab und kam hart auf einer roten Kachel auf.

Tal sah es kommen und sprang zu dem Ast, der die entsprechende Glocke hielt. Oder zumindest dachte er das. Aber es war der falsche Ast und als Tal das Seil festhielt, klingelte eine andere Glocke eine halbe Spanne entfernt.

Die Glocke läutete in einem unharmonischen Klang, der von den Wänden des Raumes zurückhallte. Dann begann die nächste Glocke zu läuten. Und die nächste. Innerhalb weniger Sekunden läutete jede einzelne Glocke in dem Baum wie wild – bis auf die eine, die Tal fest im Griff hatte.

Er ließ sie los, hielt sich mit den Händen an dem Ast fest, ließ sich fallen und sprang hinunter. Crow lief mit dem Schlüsselstein in der Hand bereits zu dem Laufsteg. Tal folgte ihm. Sie würden so schnell wie möglich hinunterklettern müssen, bevor wer auch immer, der durch die Glocken alarmiert worden war, die Treppe hoch kam.

Adras hatte offensichtlich geschlafen, als sie hinausstürmten. Der Geistschatten lag auf dem Boden des Laufstegs wie eine dicke Decke aus Schattennebel. Es dauerte ein paar Sekunden, bis er sich wieder zusammengezogen hatte.

„Was ist denn los?", donnerte er.

Tal ignorierte ihn und lief zum Geländer, um darüber hinweg zu klettern. Crow war schon dort, doch er hatte innegehalten und starrte nach unten.

Tal blickte ebenfalls hinab.

Sein Herz setzte für drei Schläge aus.

Licht drang aus jedem einzelnen Fenster, helle Strahlen aus Licht, das sich in alle Richtungen ausbreitete. Es wurde heller und heller, während er hinsah – Sonnensteine im Turm aktivierten sich.

Es war nicht das Licht, das Tal Angst machte.

Es waren die Schatten.

Hunderte von Geistschatten strömten aus den Fenstern. Alle Arten von Geistschatten, alle Sorten von aenirischen Bestien. Die meisten von ihnen waren Kreaturen, die Tal noch nie außerhalb des Beastmaker-Spiels gesehen hatte – und sie waren sicherlich nicht die Begleiter von irgendwelchen Erwählten.

Tal glaubte seinen Augen nicht. Der Rote Turm beherbergte freie Schatten, aenirische Kreaturen, die nicht da sein sollten. Doch sie waren da.

Und jetzt schwärmten sie nach oben, um dem Ruf der läutenden Glocken zu folgen.

„Adras!", rief Tal. Er war bereit, dem Geistschatten zu befehlen, sie aufzunehmen und wegzufliegen. Doch das Kommando blieb ihm im Halse stecken, als er zwei Wespenwyrm-Schatten sah, die sich aus einem Fenster abstießen und hochgeflogen kamen.

Es gab also keinen Fluchtweg in der Luft.

Sie saßen in der Falle.

• KAPITEL •
ACHTUNDZWANZIG

Für Milla ging alles sehr schnell, als die Cronen schließlich zu einer Entscheidung gekommen waren. Sie wurde von dem Stuhl losgebunden, musste jedoch darauf sitzen bleiben. Odris wurde befohlen, dicht hinter ihr zu stehen.

Dann stellten sich die Cronen schnell in einem Kreis um die beiden auf. Milla versuchte, sie anzusehen. Doch all die seltsamen Augen, die auf sie gerichtet waren, waren einfach zu viel und sie musste ihren Blick wieder senken.

Als der Kreis vollständig war, hob die Mutter-Crone des Ruinenschiffs eine vernarbte und verkrümmte Hand.

Wind kam auf, obwohl das im Schiff unnatürlich war. Der Wind wurde stärker, je höher die Hand stieg.

Ein pfeifender, heulender Wind umwehte Milla. Doch er kam aus keiner bestimmten Richtung. Er war abwechselnd eigenartig kalt und heiß, anders als jede Brise, die Milla je zuvor erlebt hatte.

Milla sah auf und bemerkte, dass die Cronen pfiffen. Ihre Lippen waren geschürzt und ihre leuchtenden Augen auf sie gerichtet.

Irgendwie hatten sie den Wind gerufen.

Der Wind wurde stärker und die Laternen erloschen.

Die Augen der Cronen leuchteten weiter in der Dunkelheit.

Dann sprachen alle gleichzeitig mit einer gewaltigen Stimme, die lauter war als der Wind.

„Milla von den Far-Raidern", brüllte die kollektive Stimme. „Jetzt wirst du ausgestoßen!"

Milla spürte, wie der Wind an ihr zerrte und sie aus ihrem Stuhl hob. Sie wurde hoch in die Luft gehoben, über die Köpfe der Cronen hinweg und beinahe bis an die Decke. Ihre Kleider wurden ihr in Streifen vom Leib gerissen und sie flog nackt durch die Luft.

Der Wind trug sie vorwärts zur anderen Wand des Raumes und einen Moment fürchtete sie, dagegen zu fliegen. Doch der Wind ließ sie im letzten Moment fallen und sie wurde stattdessen durch einen mit Fellvorhängen geschützten Ausgang in einen Korridor geweht.

Der Wind trug sie noch immer, die Cronen kamen in einer einzigen, großen Masse nach und füllten den Korridor hinter ihr.

„Milla von den Far-Raidern!", rief die riesige Stimme noch einmal. „Du wirst nun zum zweiten Mal ausgestoßen!"

Milla wurde durch einen weiteren Durchgang geweht. Sie spürte den Wind, der sie zu einer anderen, natürlicheren Brise trug. Einen Moment schwebte sie auf der Stelle, als die beiden Mächte miteinander kämpften. Doch die Kraft der Cronen war stärker und Milla wurde weitergetragen.

Sie kam an einen weiteren Durchgang, der ebenfalls mit Fellen verschlossen war. Davor lag das Eis, das konnte Milla spüren.

„Milla von den Far-Raidern! Du wirst das dritte Mal ausgestoßen!"

Der Wind stieß Milla aus der Tür und ließ sie los. Sie wurde durch die Luft geschleudert und dann stürzte sie in eine tiefe Schneewehe.

Der Schock der plötzlichen Kälte saugte ihr die Luft aus den Lungen. Sie lag im Schnee und fühlte, wie der natürliche Wind Eiskristalle durch ihre Haare wehte. Ihre Haut brannte vor Kälte und ein tiefer Schmerz stach sie dort, wo die Wunde des Merwin-Horns an ihrem Bauch war.

Ihr Herz schien seinen Schlagrhythmus zu verlangsamen und sie spürte, wie das Blut in ihren Ohren pochte. Es wurde langsamer und langsamer, doch sie hatte keine Angst und machte sich keine Sorgen. Was auch immer jetzt geschah, es war vorausbestimmt. Hier draußen auf dem Eis.

Millas Herz blieb stehen.

Alles war still. Sie konnte jetzt nicht einmal mehr den Wind hören.

Die Stille hielt noch eine Sekunde an. Zwei Sekunden. Drei Sekunden.

Dann sprachen die Cronen wieder.

„Milla vom Ruinenschiff, komm zu deinem Clan!"

Millas Herz begann wieder zu schlagen und ein Schaudern durchlief sie von Kopf bis Fuß.

Hände tauchten in den Schnee, griffen nach Milla und zogen sie aus der weißen Masse. Ihre Arme wurden in einen Mantel aus silbernem Ursek-Fell gesteckt – einen, der einem legendären Schwert-Thanen passen mochte – und er wurde ihr über den Kopf gezogen.

Eiskristalle wurden ihr aus dem Haar gekämmt und ein Haarreif aus Selski-Knochen dorthin gesteckt. Gleichzeitig wurde sie kurz in die Luft gehoben, sodass man ihr dicke Stiefel aus fellüberzogenen Häuten anziehen konnte. Ein silber-schwarzer Gürtel wurde um ihre Taille gelegt. Er hatte eine goldene Schnalle in Form eines springenden Selski.

Noch immer völlig benommen, wurde Milla wieder in die Mitte der großen Ansammlung von Cronen gebracht. Sie fühlte sich eigenartig leicht, so als ob der Wind sie noch immer trug. Das Gewicht ihrer vergangenen Sorgen war verschwunden. Sie dachte nicht mehr daran, zurück aufs Eis gehen und für ihre Missetaten büßen zu müssen.

Als sie wieder im Gerichtssaal war, kam Odris auf sie zugeflogen. Der Geistschatten plapperte erleichtert auf sie ein.

„Was ist denn passiert, Milla? Ich habe gespürt, wie du …

verschwunden bist … und dann warst du wieder da. Mir gefällt es hier nicht. Wann können wir wieder nach Aenir zurück? Da ist es besser für uns beide."

„Still, Odris", sagte Milla ruhig. „Wir sind hier noch nicht fertig. Komm und steh mir zur Seite."

Sie ging zu dem Stuhl und setzte sich darauf. Doch in ihrem silbernen Fell, mit dem knöchernen Haarreif und der Kralle von Danir an ihrem Finger sah sie nicht wie jemand aus, über den man richten musste.

„Milla vom Ruinenschiff", sagte die Mutter-Crone. „Wir haben dir eine schwere Verantwortung aufzuerlegen. Wirst du sie akzeptieren, für dich und deinen Schatten?"

„Jawohl, das werde ich", gab Milla gefasst zurück. Sie hob ihre Hand, um Odris zum Schweigen zu bringen, die gerade etwas sagen wollte.

„Dann werden wir das Gebet von Asteyr sprechen, um diese Verantwortung an dich zu binden", verkündete die Mutter-Crone.

Die Cronen sprachen wieder in ihrer gemeinsamen, volltönenden Stimme.

Der Stimme einer Frau.

Die Macht der Stimme überwältigte Milla und Odris derart, dass sie die ersten Worte nicht mitbekamen, sondern sich vielmehr fühlten, als wären sie in einem Gedicht oder Lied gefangen. Eines, das bis in ihre Knochen – ob Schatten oder Fleisch – vorzudringen vermochte.

Mit dem Gebet kam eine wichtige Anweisung, die sie niemals brechen konnten. Sie sprach von absoluter Loyalität dem Eiscarl-Volk gegenüber, einer Loyalität, die von der Stimme der Eiscarls bestimmt sein würde.

Die Cronen. Sie würden gemeinsam in ihrer schweigendem Art sprechen und ihre Entscheidungen mit dem großen Verstand fällen, den sie gemein hatten. Und welche Entscheidungen auch immer sie fällen würden, sie würden sie Milla auferlegen und sie würde sie befolgen müssen. Dasselbe galt für den Schatten, der an sie gebunden war.

Das Gebet veränderte sich und die Stimme wurde leiser. Schließlich sprach die Mutter-Crone des Ruinenschiffs. Sogar diese Stimme allein hatte etwas Bindendes.

„Drei Dinge erlegen wir dir auf", sagte die Mutter-Crone. „Das Erste ist dein Lebens-Name. Ich taufe dich Milla Krallenhand. Das Zweite ist das Amt, das ich vor dir bekleidet habe, das des Lebenden Schwertes von Asteyr. Das Dritte ist ein Titel und eine Verantwortung, die kein Eiscarl seit dreitausend Umrundungen getragen hat."

Sie hielt inne und holte einmal tief Luft, bevor sie fortfuhr.

„Milla Krallenhand, wir ernennen dich zur Kriegsführerin der Eiscarls und erlegen dir auf, das zu vollenden, was vor langer Zeit begonnen wurde. Wir erlegen dir auf, unsere Welt für immer vor den Schatten von Aenir zu schützen."

• KAPITEL •
NEUNUNDZWANZIG

Tal sah der riesigen Masse von Geistschatten entgegen, die da zu ihnen hochstieg. Sie hatten höchstens ein paar Minuten, bevor sie um sie herum schwärmen würden.

Er sah Crow an, doch der ältere Junge war völlig gelähmt, starrte hinunter zu den Feinden und hielt den Roten Schlüsselstein unsicher in der Hand.

Tal sah den Stein und hatte plötzlich einen Einfall.

Er handelt schnell und entriss Crow den Stein aus seinem losen Griff.

Crow drehte sich sofort mit dem Messer in der Hand um.

„Gib ihn mir zurück!“, knurrte er.

„Was ist denn los?“, fragte eine klagende Stimme aus dem Stein, als Tal zurück ging.

„Ich brauche ihn, um uns hier herauszubringen“, erklärte Tal. Er sprach so schnell er konnte. „Es sei denn, du willst den Geistschatten begegnen.“

Crow zögerte, senkte dann aber sein Messer.

Tal starrte den Schlüsselstein an. Er konnte Lokar sehen, die in rotem Licht schwebte. Es sah aus, als paddelte sie im Wasser umher. Es kostete sie offensichtlich einige Anstrengung, mit der Außenwelt in Kontakt zu treten.

„Lokar“, sagte er drängend. „An der Außenseite der Mauer kommen haufenweise Geistschatten zu uns hoch. Gibt es hier irgendeinen Ort, an dem wir uns verstecken können, wo wir vor ihnen sicher sind? Können sie durch die Torbogen kommen?“

„Ja, man hat ihnen die Worte gegeben“, sagte Lokar, die nachdenklich die Stirn in Falten gelegt hatte. „Hier werdet ihr nicht sicher sein. Was ist mit eurem Geistschatten? Kann er fliegen?“

„Er ist ein Sturmhirte, also ja, aber es gibt hier auch fliegende Schatten und man wird uns verfolgen.“ Tal sah zu Crow hoch, der noch immer dastand und ihn misstrauisch beobachtete. „Crow! Halte Wache. Gib mir Bescheid, wenn sie fünfzig Spannen entfernt sind!“

Crow ging zögernd zurück und sah über das Geländer nach unten.

„Du siehst jung aus“, sagte Lokar. „Beherrschst du alle sieben Farben?“

„Von beherrschen kann man nicht gerade reden“, gab Tal zurück. „Aber ich kann einige Dinge … ich habe ein paar Sachen gemacht …“

„Neunzig Spannen!“, rief Crow. „Da sind hunderte!“

„Kannst du alle sieben kombinieren?“, fragte Lokar.

„Ja“, sagte Tal noch, bevor Lokar ausgesprochen hatte.

„Dann kannst du einen kleinen Miniaturschleier machen, unter dem ihr euch verstecken könnt“, sagte Lokar. „Sucht euch eine Ecke, verkriecht euch darin und ich werde dir erklären, wie man einen Schleier webt. Schnell!“

Tal sah sich um.

„Fünfzig Spannen!“, rief Crow. Er sah Tal mit großen Augen und offenbar ängstlich an. „Was auch immer du vorhast: mach schnell!“

„Lasst uns kämpfen!“, polterte Adras. Er lehnte sich über das Geländer und feuerte einen Schattenblitz ab. Ein plötzlicher, schriller Schrei gab zu erkennen, dass der Blitz sein Ziel gefunden hatte.

„Nein Adras!“, schrie Tal. Er ging zur Wand und zerrte an einer Regenrinne, die das Wasser von der Kuppel ableitete. „Hilf mir, die abzureißen!“

Die Regenrinne saß in einer Vertiefung in der Wand. Wenn sie sich darunter verkriechen und Tal einen Schleier weben könnte, hätten sie eine Chance, dass die Geistschatten sie nicht sehen würden.

Crow wusste nicht, was Tal vorhatte, doch er lief zu ihm hin und zog ebenfalls an dem Rohr. Es gab ein wenig nach, doch erst als Adras zu ihnen stieß und daran zog, riss es mit metallenem Quietschen ab.

„Schnell!“, sagte Tal. „Kriecht hier hinein, so eng zusammen wie möglich!“

Er schob sich mit Crow in die Vertiefung. Adras machte sich so dünn er konnte und glitt zwischen Tal und die Wand.

„Und was jetzt?“, fragte Crow.

Tal gab keine Antwort. Er sah den Schlüsselstein an, beobachtete Lokar und fokussierte gleichzeitig seinen eigenen Sonnenstein.

Crow und Adras beobachteten das Geländer in der Erwartung, jeden Moment einen Geistschatten darüberspringen und angreifen zu sehen.

„Beeilung!“, murmelte Crow. Strahlen aus verschiedenfarbigem Licht stiegen aus Tals Sonnenstein auf – allerdings nur sehr langsam.

Die Strahlen breiteten sich aus und verwebten sich vor dem zusammengepressten Trio. Als sie sich miteinander verwebten, bildete sich ein Muster aus Dunkelheit in der Luft. Es verbreiterte sich schnell, bog sich nach oben, nach unten und zu den Seiten.

„Schneller!“, flüsterte Crow. Er sah eine klauenbewehrte Schattenhand, die sich am Geländer hinter dem langsam dichter werdenden Schleier festhielt. „Schneller!“

Ein Geistschatten sprang über das Geländer – ein riesiger Wespenwyrm mit schlagenden Schattenflügeln. Sein Stachel sah in dem roten Licht nur allzu fest aus.

Crow sah die Bestie und hielt unwillkürlich den Atem

an, als sie ihren Kopf langsam in seine Richtung drehte. Der Schleier verdeckte schon beinahe die Sicht. Es würde knapp werden. Würde der Geistschatten zuerst schauen oder würde das Schleier rechtzeitig fertig sein?

Der Miniaturschleier breitete sich vollends aus und verband sich zu einer Kugel um sie, und das alles einen Sekundenbruchteil bevor der Geistschatten seinen Kopf drehte.

Crow schauderte und stellte überrascht fest, dass er tief atmen musste.

„Mach das nicht", wies Tal ihn scharf an.

„Was?", fragte Crow leise. Er war sich nicht sicher, ob der Klang seiner Stimme durch den Schleier drang.

„Sprechen ist kein Problem", sagte Tal. Er berührte den Schleier und sein Finger prallte ab, so als wäre der Schleier aus dicht gewobenem Stoff. „Aber atme nicht zu viel."

„Warum nicht?"

„Ich war in Eile …", begann Tal zu erklären.

„Und?", fragte Crow.

„Ich habe ihn zu fest gemacht", sagte Tal. „Ich glaube, es kommt nicht genug Luft durch."

„Wie bitte?", keuchte Crow. Er griff hinaus und kratzte mit den Fingernägeln an dem Schleier.

Er war fest.

„Wir müssen hier raus", flüsterte Crow. „Hier drin sterben wir."

„Die Luft reicht eine Weile", erwiderte Tal. Er kämpfte

um seine innere Ruhe. Allein das Wissen darum, dass die Luft ausgehen würde, gab ihm ein furchtbares Gefühl. Ein Gefühl der Schwäche und Dummheit. „Wir müssen stillhalten."

Crow sah ihn voller Panik in den Augen an. Er hob die Hand und Tal zuckte zurück, weil er annahm, Crow wolle ihn schlagen. Dann zog Crow die Hand zurück.

„Es tut mir Leid", sagte er. „Ich … werde stillhalten."

Sie saßen eine Weile schweigend da, als Crow Tal plötzlich ansah.

„Wo ist Adras?", fragte er und sah sich um.

Vom Geistschatten war nichts zu sehen.

Alle Farbe wich aus Tals Gesicht. Kein Wunder, dass er sich so unwohl fühlte.

„Er muss draußen sein! Sie töten ihn!"

„Nein, ist er nicht", sagte eine dünne Stimme aus dem Schlüsselstein. Tal sah schnell hinab.

„Er ist in deinem Schleier!", rief Lokar. „Du hast ihn eingewebt und er hat kein Licht!"

• KAPITEL • DREISSIG

Keine Luft für uns, kein Licht für Adras", murmelte Crow.

„Das ist besser, als von Geistschatten umgebracht zu werden!", gab Tal zurück. „Außerdem müssen wir warten, bis sie verschwunden sind."

„Bis dahin könnten wir schon lange tot sein", sagte Crow. „Wie können wir überhaupt wissen, wann sie gegangen sind?"

Lokar sagte etwas, das beiden Jungen entging. Sie beugten sich hinab, um besser hören zu können und stießen prompt die Köpfe zusammen.

„Dunkelheit!", fluchte Crow. Er schnappte sich den Schlüsselstein und fauchte: „Pass doch auf!"

Tal hob seinen Sonnenstein für eine Sekunde, besann sich aber sofort eines Besseren. Er wollte nicht, dass Crow den Schlüsselstein hatte, doch im Augenblick konnte er nicht viel dagegen unternehmen.

„Was habt Ihr gesagt?“, fragte Crow Lokar.

Tal beugte sich vor, dieses Mal vorsichtiger.

„Ihr beide müsst euch die Luft einteilen“, sagte Lokar. „So weit ich es von hier drinnen beurteilen kann, hat Tal diesen Schleier *zu* gut gemacht.“

„Wie meint Ihr das“?, fragte Tal.

„Er ist nicht nur zu fest“, sagte Lokar, „sondern ich bezweifle auch, dass du ihn auflösen kannst. Du wirst warten müssen, bis er sich von selbst auflöst.“

Tal und Crow sahen sich an. Jedem schien etwas auf der Zunge zu liegen, doch keiner sagte etwas. Stattdessen lehnten sie sich zurück und atmeten gleichzeitig langsam aus.

Ich wünschte, dachte Tal, ich hätte Millas Rovkir-Atmung gelernt. Die Minuten, die der Funken seines Sonnensteins anzeigte, verstrichen nur langsam. Es wurde wärmer und stickiger und Tal schien es, als verbrauchte Crow zu viel von ihrer Luft.

Er schaute hinüber und sah, dass Crows Augen glitzerten. Seine Hand ruhte auf seinem Messer. Er hatte mit Sicherheit denselben Gedanken. Es gab vielleicht genug Luft, damit einer von ihnen überleben konnte.

Einer von ihnen musste sterben, damit der andere überleben konnte.

Crow zog sein Messer zwei Zentimeter heraus.

Tal hob seinen Sonnenstein. Doch er fühlte sich unendlich schwer an und er schüttelte den Kopf.

Crow ließ das Messer wieder in die Scheide gleiten. Tal senkte seine Hand.

Beide sahen einander an, aufmerksam und gefasst auf die kleinste Bewegung.

Zumindest *dachte* Tal, dass er aufmerksam wäre. Doch plötzlich bemerkte er, wie sein Kopf auf seiner Brust lag. Er hob ihn schnell, nur um zu sehen, dass Crows Kopf zur Seite hing.

Der Freivölkler-Junge schien bewusstlos zu sein.

Einen Moment lang war Tal versucht, ihn zu erledigen, damit er mehr Luft hatte. Doch nur für einen Moment. Was hatte sein Großonkel doch zu ihm gesagt?

„Sei keine Höhlenschabe."

Crow für ein paar Atemzüge umzubringen, die vielleicht sowieso nicht genug waren, wäre eine Höhlenschaben-Sache gewesen.

Stattdessen drückte Tal tastend gegen den dunklen Schleier. Seine Finger prallten wieder zurück. Er fühlte sich so fest an wie zuvor – und dieses Mal *spürte* er Adras darin. Der Geistschatten wurde mit jedem Moment schwächer.

Tal nahm einen flachen Atemzug und schloss die Augen.

Es war viel einfacher einzuschlafen.

Als Tal die Augen schloss, öffnete Crow die seinen. Er berührte sein Messer einmal … zweimal … und schloss dann langsam wieder seine Augen.

Tal wachte in plötzlicher Panik auf, mit rotem Licht auf dem Gesicht, frischer Luft in der Nase und furchtbaren Kopfschmerzen, die über seinen Augen pochten. Crow rumorte neben ihm, doch von Adras war keine Spur zu sehen.

Aber auch nicht von den feindlichen Geistschatten.

Tal sah seinen Sonnenstein an. Über eine Stunde war vergangen. Sie hatten Glück gehabt, denn der Schleier hatte sich wohl gerade zum richtigen Zeitpunkt aufgelöst. Seinem furchtbaren Gefühl zufolge hätten wahrscheinlich nur wenige Minuten mehr zum Erstickungstod geführt.

Ein leises Brummen kam von Crow auf der anderen Seite. Tal kroch hinüber und starrte entsetzt den winzigen, eingefallenen Schatten an, der von Adras übrig geblieben war.

„Licht!“, wimmerte der kaum wahrnehmbare Fleck aus Dunkelheit, der wenig größer als Tals Fuß war. „Licht!“

Es gab hier eine Menge roten Lichts, doch Tal senkte seinen Sonnenstein, schirmte ihn etwas mit der Hand ab und lenkte einen hellen Strahl aus demselben Licht, wie es die Sonne von Aenir abstrahlte auf seinen angeschlagenen Geistschatten.

Der Schatten wurde langsam dicker und begann, sich über die Steine auszubreiten. Je größer er wurde, desto mehr ließen Tals Kopfschmerzen nach.

Er war so sehr damit beschäftigt gewesen, seinem Geistschatten wieder Leben einzuhauchen, dass er überhaupt nicht bemerkt hatte, wie Crow wieder zu Kräften gekommen war. Doch dann stand der Freivolk-Junge neben ihm. Er hatte den Schlüsselstein beinahe bis ans Kinn gehoben und flüsterte etwas.

„Lokar sagt, dass es hier eine geheime Treppe gibt, die zwei Ebenen tiefer beginnt", erklärte er Tal. Er hatte offensichtlich beschlossen zu ignorieren, was in dem Miniaturschleier vorgefallen war. „Wenn wir bis dahin hinuntersteigen können, kann Lokar uns durch die Fallen führen. Die Treppe kommt bei …"

Er hörte wieder auf den Schlüsselstein und fuhr fort. „Sie kommt in einem weißen Korridor zwischen den Ebenen Rot Eins und Orange Sieben heraus. Es sollte nicht sonderlich schwierig sein, von dort zu einer Werkstatt der Untervölkler zu gelangen und dann zurück in meine Gegend."

Tal nickte, zuckte aber insgeheim zusammen, als er hörte, dass Crow einen Teil des Schlosses „meine Gegend" nannte. Wenn er etwas seit seinem Sturz in die Außenwelt gelernt hatte, dann war es die Notwendigkeit, seinen Mund zu halten – bis die richtige Zeit gekommen war.

„Schwach", sagte Adras. Er hatte seine ursprüngliche Form wiedergewonnen, doch sein Schattenfleisch war beinahe transparent und kaum sichtbar.

„Es wird eine Weile dauern, bis er sich erholt", sagte Crow und wiederholte Lokars Worte. „Du musst ihm so lange wie möglich Licht geben. Sehr viel, bevor wir wieder durch den Schleier gehen."

Tal nickte.

„Wo sind die Geistschatten?“, fragte er. „Siehst du welche?“

„Ich schätze, sie haben sich wieder in ihre Schlupflöcher verzogen“, sagte Crow. „Ich habe zumindest keine gesehen, als ich über das Geländer geschaut habe.“

„Sie sind irgendwo dort“, sagte Tal. „Verstecken sich. Warten. Ich möchte nur wissen, worauf.“

Crow zuckte mit den Schultern. Dieses Problem war für ein andermal gut. Er hatte, weswegen er gekommen war. Er steckte den Schlüsselstein vorsichtig in eine schmale Ledertasche, die er an einer Kette um den Hals trug.

„Komm schon“, sagte er und kletterte vorsichtig über das Geländer. „Bleib dicht hinter mir. Vielleicht musst du noch einen Schleier machen. Aber im nächsten sollten wir besser atmen können.“

Tal sah, wie Crow hinüberstieg. Er misstraute ihm mehr als je zuvor. Es war jetzt offensichtlich, dass der Freivölkler-Junge ihn nur als Mittel zum Zweck dabei hatte. Crow hasste die Erwählten so sehr, dass er nicht zögern würde, Tal loszuwerden, sobald er ihn nicht mehr brauchen konnte.

Das Schlimmste daran war, dachte Tal, dass er Crow nicht einmal einen Vorwurf dafür machen konnte. Er hatte gute Gründe, die Erwählten zu hassen.

„Adras“, sagte er und hob seine Hand. „Wickel dich um

meinen Sonnenstein und meinen Arm und hol dir so viel Licht wie du kannst."

Adras nickte, zu müde, um eine Antwort zu poltern. Tal spürte, wie er sich um seinen Arm legte. Es war eine kühle Berührung, die die Haare auf seiner Haut mit kleinen Blitzen knistern ließ. Das Licht seines Sonnensteins wurde dunkler, als Adras es bedeckte. Doch unter dem Schatten leuchtete es weiter.

Tal kletterte über das Geländer und tastete vorsichtig nach einem Halt für seine Füße.

• KAPITEL •
EINUNDDREISSIG

Milla stand im Saal des Reckoner. Die Mutter-Crone stand neben ihr. Beide sahen sich das komplexe Puzzle aus hunderten von Kacheln und Modellen an, das die gesamte Welt des Eises und der Eiscarl-Clanschiffe repräsentierte, die sich darauf bewegten. Schildjungfrauen-Kadettinnen liefen über die große Karte, verschoben die Schiffsmodelle und tauschten – wenn auch seltener – Kacheln aus, die die Qualität und den Zustand des Eises anzeigten. Sieben Cronen, alle in großen Stühlen aus geflochtenem Knochen, dirigierten die Kadettinnen.

Als Milla den Reckoner das letzte Mal gesehen hatte, waren die Schiffe der Eiscarls ohne erkennbares Muster über die gesamte Welt verstreut gewesen. Jetzt hingegen gab es Gruppierungen aus Schiffen in verschiedenen Teilen der Karte. Während Milla zusah, rief eine der Cronen eine der Kadettinnen und sprach mit ihr. Das junge Mädchen hörte zu, ging dann leichtfüßig über die Kacheln hinweg zu einer der Schiffsansammlungen und suchte sich eines der kleinsten Modelle aus. Es hatte einen Sonnenstein-Splitter im Mast. Sie nahm das Schiff auf und bewegte es zu einer nebenliegenden Kachel.

Milla fiel auf, dass es sich damit auf das Zentrum des Reckoner bewegte, einer Kachel, die das Modell eines Berges und daneben eine Miniatur des Ruinenschiffs trug.

„Ja", sagte die Mutter-Crone. „Die Clans versammeln sich dort, wo sie wollen und jedes siebte Schiff bringt die Schildjungfrauen und Jäger, die der Clan bei der Selski-Verfolgung entbehren kann. Wir haben auch die Schwert-Thanen gerufen, wenn sie auch nicht auf dem Reckoner erscheinen. Wir können nicht sagen, wie viele von ihnen dem Ruf folgen können – oder wollen."

Milla nickte. Dies alles war etwas viel für sie. Heute Morgen war sie zuerst ausgestoßen, dann in Milla Krallenhand umbenannt und schließlich zur Kriegsführerin erhoben worden. Jetzt erwarteten alle von ihr, dass sie das tat, was getan werden musste, um das Schloss einzunehmen, die Erwählten zur Aufgabe ihrer Geistschatten zu zwingen und … sie wusste nicht was … nach Aenir zu gehen und noch einmal das Vergessen durchzuführen?

„Die Schiffe werden so schnell wie möglich kommen", sagte die Mutter-Crone. „Und doch wird es noch viele Schlafe dauern, bis alle versammelt sind. Ist es Euer Wunsch,

Kriegsführerin, dass die Schildjungfrauen, die wir hier haben, für einen ersten Angriff auf das Schloss versammelt werden, um den Weg hinein zu sichern?"

„Ähm, ja", sagte Milla.

Die Mutter-Crone lächelte. Es war ein solch unauffälliges Lächeln, dass es Milla beinahe entging. Die Crone fragte sie nicht wirklich, das wurde Milla jetzt klar. Sie half ihr dabei, ihre Aufgabe zu erfüllen und ließ es so aussehen, als hätte Milla selbst den Überblick über alle militärischen Details. Dabei wussten alle, dass sowohl Odris als auch sie nur das zu tun hatten, was die Cronen ihnen sagten.

„Ja", sagte Milla entschlossener. „Sie sollen sich vorbereiten. Ich werde sie nach dem Hauptschlaf hinausführen. Ich brauche … ich brauche etwas Ruhe."

„Sie werden bereit sein", gab die Mutter-Crone zurück. „Bevor Ihr ruht, Kriegsführerin, solltet Ihr Malen treffen. Sie ist die jüngste der Cronen und daher am besten für die ehrenvolle Aufgabe geeignet, Euch beim ersten Angriff zu begleiten."

Bevor die Mutter-Crone zu Ende gesprochen hatte, kam eine junge Crone durch die Vorhänge an der Tür und trat näher. Sie war *wirklich* jung, das konnte Milla sehen. Sie hatte blaue Augen wie alle jungen Cronen und das Blau leuchtete. Doch sie sah nicht älter aus als vielleicht sechzehn Umrundungen, kaum älter als Milla. Sie spürte einen Stich des Neids in ihrem Herzen. Dieses Eiscarl-Mädchen hatte ohne Schwierigkeiten seinen Platz gefunden, dachte Milla. Sie war nicht durch das Gebet von Asteyr an etwas gebunden – durch ein zweifelhaftes, aber notwendiges Übel, das die Eiscarls bereit waren in Kauf zu nehmen. Und sie taten es nur, um nicht den noch höheren Preis der Gefahr zu bezahlen, die sie jetzt bedrohte.

„Ich grüße Euch, Kriegsführerin Milla Krallenhand", sagte Malen. Sie schlug die Fäuste zusammen und Milla tat dasselbe.

Sogar ihre Stimme war makellos, dachte Milla. Sie hatte eine klare, glockenhelle Stimme, die perfekt war, um alte Lieder und Epen zu singen. Jeder in ihrem Clan musste sie geliebt haben und jetzt waren sie sicher stolz darauf, dass sie schon in solch jungen Jahren Crone geworden war.

„Ich werde als Stimme der Cronen mit Euch kommen", sagte Malen.

Milla nickte. Das war noch schlimmer. Wenn Malen wollte, konnte sie mit der Autorität aller Cronen sprechen und Milla, die an das Gebet von Asteyr gebunden war, musste ihr gehorchen.

Und wenn sie es Milla nicht sagte, war nicht einmal klar, ob Malen für sich selbst oder im Namen der Cronen sprach.

Einen Moment zog Milla in Erwägung, die Mutter-Crone darum zu bitten, ihr jemand anderen als Begleitung zu geben; jemanden, der älter und erfahrener war. Doch sie fragte nicht.

„Wir brechen sofort nach dem Hauptschlaf auf", sagte Milla barsch. „Ich muss jetzt schlafen. Komm, Odris."

Alle Schildjungfrauen schlugen ihre Fäuste gegeneinander, als Milla ging. Und doch fiel ihr auf, dass viele es nur zögernd taten. Die Cronen hatten sie zu ihrer Kriegsführerin ernannt, doch so einfach war es nicht. Sie würde sich ihren Respekt erst erarbeiten müssen.

Sie würde sich auch etwas einfallen lassen müssen, um durch die schlechte Luft in den Heiztunnels zu gelangen, wie man gegen die Magie der Erwählten ankam und wie man den Weg vom Berg zum Schloss sichern konnte, um den Nachschub zu garantieren, wenn sie erst einmal eine Basis in den Ebenen des Untervolks erkämpft hatten. Dann musste sie sich um die Untervölkler kümmern und die Frage, ob Ebbitt, Jarnil und das Freivolk sich für oder gegen sie entscheiden würden.

Und da war noch Tal. Milla fragte sich, ob er den Schlüsselstein bekommen hatte. Sie war sich nicht im Klaren, ob sie sich sein Versagen oder seinen Erfolg wünschte. Wenn Tal an den Schlüsselstein kam und es schaffte, die Erwählten gegen Sushin und die freien Schatten aufzuwiegeln, konnte er vielleicht den Schleier retten. Doch wie sie ihn kannte, würde er nicht alle Schatten nach Aenir zurückschicken wollen.

Also war er ein Feind und es gab nur einen einzigen sicheren Weg, mit einem Feind umzugehen.

Töte ihn, bevor er dich tötet.

• KAPITEL • ZWEIUNDDREISSIG

Der Abstieg war nervenzerfetzend. Tal und Crow gingen davon aus, dass jeden Augenblick feindliche Geistschatten angreifen würden. Jedes kleine Aufflackern von Licht erschreckte sie – und manchmal führte es fast dazu, dass einer von ihnen den Halt verlor oder abrutschte. Jedes Mal durchfuhr sie ein neuer Schock, wenn sie beinahe abstürzten.

Doch es kamen keine Geistschatten aus dem Turm und so schafften sie es sicher zu dem Fenster, das Lokar Crow beschrieben hatte. Sie stiegen hindurch und fanden dahinter die geheime Treppe. Sie war sehr schmal, denn sie war in der dicken Mauer des Turmes versteckt. Jeder, der etwas größer war als Crow, konnte mit Leichtigkeit stecken bleiben.

Außerdem gab es in unregelmäßigen Abständen Fallen. Crow musste den Schlüsselstein aus der Tasche holen, ihn nahe an sein Ohr halten und auf Lokars Anweisungen achten, während er ihr dauernd berichtete, wo sie sich gerade befanden.

Die schlimmste Falle waren mehrere rasiermesserscharfe Krallen, die mit einem Mechanismus mitten in den Abstiegsweg geklappt wurden. Die Krallen waren auf Knie-, Bauch- und Halshöhe montiert, sagte Lokar. Die Falle wurde ausgelöst, wenn man sich nicht genau in der Mitte von sechs ganz bestimmten Stufen bewegte. Auf jeder einzelnen davon glaubte Tal zu stolpern, das ‚Klick' des Mechanismus' zu hören und das Zuschlagen der Krallen zu spüren.

Doch irgendwie kam er unbeschadet vorbei.

Tal folgte Crow dichtauf, denn er vertraute dem Freivölkler-Jungen nicht, was die Fallen betraf. Er nahm an, dass er in seiner unmittelbaren Nähe sicher war.

Adras hatte sich noch immer um seinen Arm und seinen Sonnenstein gewickelt und absorbierte dessen Licht. Sein Schattenfleisch wurde langsam dunkler, doch er war dem Tod offensichtlich sehr nahe gewesen. Tal wollte nicht darüber nachdenken, was mit ihm geschehen würde, wenn sein Geistschatten starb.

Der Schleier sah eigenartig aus, als sie ihn erreichten. Er schnitt durch die Wände des Turmes, als ob sie gar nicht vorhanden wären. Es sah so aus, als würde die Treppe in einem Teich aus vollkommen dunklem schwarzen Wasser verschwinden.

Crow blieb vor dem Schleier zögernd stehen und hielt

den Schlüsselstein an sein Ohr. Er hörte wieder Lokar zu. Dann ging er geradewegs in den Schleier, die Hand immer an der Wand entlang führend.

Tal hielt ebenfalls kurz inne und konzentrierte sich auf seinen Sonnenstein. Er erzeugte einen kurzen, aber unglaublich intensiven Strahl aus Licht. Adras absorbierte ihn und so drang nur ein gedämpftes Glühen an Tals Hand hervor.

„Bist du für den Schleier bereit?", fragte er.

„Ja", sagte Adras. „Aber mach schnell!"

Tal holte tief Luft, griff ebenfalls nach der Mauer und ging nach unten.

Ein Schritt, zwei Schritte, drei Schritte … und der Schleier schloss sich über seinem Gesicht.

Tal befand sich in vollkommener Dunkelheit. Stufe um Stufe ging er weiter hinunter und drückte mit der Hand gegen die Mauer, um sich zu vergewissern, dass sie da war.

Zehn Schritte … elf Schritte … zwölf Schritte … Panik stieg in ihm hoch. Der Schleier schien hier dicker zu sein. Es dauerte länger als sonst. Dabei hätte es einfacher sein sollen als durch ihn hindurchzuklettern.

Er ging noch schneller und stürzte in seinem Eifer beinahe ab. Er vergaß die Zahl der Treppen und nahm jetzt zwei auf einmal.

Er musste es aus dem Schleier schaffen!

Plötzlich war er draußen. Crow sah von weiter unten auf

der engen, geschwungenen Treppe zu ihm hoch. Der Rote Schlüsselstein leuchtete in seiner Hand.

Tal schluckte und richtete sich langsam auf. Er hatte sich in seiner Verzweiflung in gebeugter Haltung voranbewegt, um tiefer zu kommen, um den Schleier zudurchdringen.

„Alles in Ordnung?“, fragte er Adras. Der Geistschatten war noch immer um seinen Arm gewickelt und bewegte sich nicht.

„Ja“, kam eine schwache Antwort. „Krank. Licht ist gut.“

„Los, weiter“, sagte Crow. Er war eindeutig in Eile.

Am unteren Ende der Treppe, wo eine geheime Tür in einen farblosen Korridor führte, mussten sie erst zwei Geistschatten vorbeilassen. Tal und Crow spähten durch einen Spalt in der Tür und beobachteten sie, bis sie um die Ecke bogen.

Einer von ihnen war eine Klenten-Kampfbestie. Sie hatte einen massiven Kopf mit dicken, hervorstehenden Knochenplatten auf immens breiten Schultern. Sie lief mal auf vier und mal auf zwei Beinen. Der andere Schatten war ein Dretch, die stabförmige Insekten-Spinnen-Kombination, die auch die Kusinen von Tals Mutter begleitete. Doch dieser Geistschatten war größer und sein Schattenfleisch war dichter und deutlicher erkennbar.

Tal biss sich besorgt auf die Unterlippe. Die Geistschatten des Schlosses sollten eigentlich bei ihren Erwählten sein. Diese beiden waren freie Schatten, so wie die im Roten

Turm. Wie viele Aenirer wanderten bereits im Schloss umher, während die Erwählten in Aenir waren? Sie hatten keine Scheu, offen in den Korridoren umherzugehen. Sie erwarteten also nicht viel Gegenwehr.

„Ich glaube, dass Sushin kurz vor der Zerstörung des Schleiers steht", flüsterte Tal Crow zu. „Es sind schon so viele Geistschatten hier. Wir müssen mit Lokar über diese Sache reden, sobald wir irgendwo in Sicherheit sind."

„Vielleicht", gab Crow zurück. Er schien abgelenkt zu sein. „Sieh mal, da ist noch einer!"

Tal beugte sich vor, um durch den Spalt sehen zu können. Das Nächste, was er spürte, war ein heftiger Schlag auf seinen Hinterkopf und ein intensiver Schmerz.

Düster schwante ihm, dass Crow ihn mit dem Griff seines Messers geschlagen hatte. Er versuchte aufzustehen, doch er hatte keinerlei Kraft mehr in seinen Muskeln. Und sehen konnte er auch nicht mehr richtig. Alles erschien ihm unscharf und die Wand und der Boden drehten sich.

„Nichts Persönliches, Tal", sagte Crow. Seine Stimme schien von irgendwo weit weg zu kommen. „Wenn du kein Erwählter wärest, wärst du in Ordnung. Aber du *bist* ein Erwählter und ich habe mit dem Schlüsselstein ein paar Dinge vor, mit denen du nicht einverstanden wärst."

Tal stöhnte. Er spürte, wie Adras versuchte, sich zusammenzureißen und Crow anzugreifen, doch der Geistschatten war noch immer zu schwach.

Das Schimmern von Metall kam in sein Blickfeld und eine gewaltige Angst durchfuhr ihn.

„Nein“, versuchte er zu sagen, als sich Crow mit dem Messer in der Hand zu ihm hinunterbeugte.

„Dein Volk hat meine Eltern getötet und meinen Bruder in den Wahnsinn getrieben“, flüsterte Crow. „Meine Großeltern kamen ebenfalls in den Saal der Albträume und waren niemals wieder so wie zuvor. Es ist nur ... gerecht, einen Erwählten umzubringen.“

Trotz seiner Worte machte Crow keinerlei Bewegung mit seinem Messer. Er saß nur da und sah Tal an.

Ihre Blicke trafen sich. Tal konnte weder richtig sehen noch denken, doch es war kein Hass, den er in Crows Augen wahrnahm. Es war Angst, obwohl Crow sich vor nichts fürchten musste.

Außer vor sich selbst. Der Freivölkler-Junge wandte seinen Blick von Tal ab und sah das Messer in seiner Hand an. Der Stahl glänzte rot im Licht des Schlüsselsteins.

„Es tut mir Leid“, sagte Crow abrupt. „Folge mir nicht.“

Er stand auf, sah noch einmal durch den Spalt und schlüpfte hinaus in den Korridor.

Tal stöhnte und betastete seinen Kopf. Er spürte kein Blut, hatte aber heftige Schmerzen. Er stützte die Hände auf den Boden und schaffte es irgendwie, sich aufrecht hinzusetzen.

Adras versuchte ihm zu helfen, doch auch er war völlig

geschwächt. Der Erwählte und der Geistschatten lehnten sich aneinander und fielen gegen die Wand.

„Was machen wir jetzt?“, fragte Adras jammernd.

„Wir holen uns den Schlüsselstein zurück“, sagte Tal grimmig. Er benutzte die Mauer als Stütze, schob sich bis zur Tür vor und spähte hinaus. Crow bog gerade um die Ecke, um die vorhin die Geistschatten verschwunden waren.

„Los“, sagte er und stieß sich angestrengt ab. Er war noch immer benebelt, konnte aber gehen. Crow würde mit dem Schlüsselstein nicht so leicht davonkommen.

• KAPITEL • DREIUNDDREISSIG

Crow war verschwunden, als Tal es endlich bis zur Ecke geschafft hatte. Der Korridor erstreckte sich bis in die Ferne und das helle, weiße Licht der Sonnensteine an der Decke bereitete Tal noch mehr Kopfschmerzen. Eine Menge anderer Korridore mündete in den ersten und führte nach Rot Eins oder Orange Sieben.

Doch die konnte Crow nicht genommen haben, das wusste Tal. Er würde sich geradewegs zum nächsten Lagerraum oder Dienstkorridor des Untervolks aufmachen.

Adras, der noch immer humpelte, hängte sich an Tals Gürtel ein, als wäre er ein Blinder, der ihm folgte. Tal ging schwankend den Korridor entlang. Er wurde von einer Wut getrieben, die tief in ihm brannte. Wie konnte Crow es wagen, ihn zu schlagen! Und auch noch so feige von hinten. Milla hätte ihm dabei wenigstens in die Augen gesehen.

Er öffnete die erste Untervolk-Tür, die er erreichte, und

sah mit erhobenem Sonnenstein und brennendem roten Licht hinein. Doch es war nur eine größere Kammer voller Ersatzroben, Putzausrüstung und anderen Sachen.

Tal wollte gerade wieder hinausgehen, als ihm etwas auffiel, das hinter den Roben an der Wand erschien. Ein gedämpftes rotes Glühen, das nur einen kurzen Augenblick zu sehen war. Das rote Licht des Schlüsselsteins.

Er stürmte nach vorn und fegte wie wild die Roben beiseite. Dahinter fand er eine Tür, die jetzt geschlossen war. Sie hatte keinerlei Griff oder einen sonstigen Öffnungsmechanismus.

Tal suchte gar nicht erst danach. Er hob seine Hand und konzentrierte all seine Wut auf seinen Sonnenstein. Rotes Licht brach daraus hervor – ein dicker, roter Strahl der auf die Tür zuschoss.

Tal wich zurück, als das flüssige Metall in alle Richtungen davonflog. Er ballte die Faust und beschrieb mit dem nach außen gerichteten Ring einen weiten Kreis.

In kürzester Zeit hatte er die Tür in der Mitte zerschnitten. Was für ein Schloss auch immer sie gehabt haben mochte, es war jetzt zu einem Klumpen zerschmolzen. Tal nahm den Griff eines Wischmopps in die Hand und benutzte ihn als Werkzeug, um die Reste der rauchenden Tür wegzustoßen, bevor er hindurch ging.

Dahinter lag ein kleiner Raum und eine bekannte, etwas größere Metalltür mit einem Handrad. Es war ein Eingang zu einem der senkrechten Dampftunnel des Schlosses. Ein paar Spannen entfernt davon an der gleichen Wand gab es noch eine schmale Treppe, offensichtlich ein Inspektionsgang für das Dampfsystem.

Crow stand am Eingang zur Treppe. Als er Tal sah, drehte er sich um.

„Ich habe dir gesagt, du sollst mir nicht folgen!"

„Gib mir den Schlüsselstein!", befahl Tal. Er hielt seinen Sonnenstein immer noch oben. Das rote Leuchten war eine deutliche Warnung.

„Nein", gab Crow zurück. „Das Freivolk braucht ihn."

„Weshalb?", fragte Tal. „Weshalb hast du mich niedergeschlagen. Vielleicht wäre ich mit dir einig gewesen?"

Crow stieß ein kurzes, bitteres Lachen aus. „Ein Erwählter, der mit einem Plan von mir einverstanden ist! Hör zu Tal. Ich habe schon seit fünf Jahren einen Sonnenstein. Ich habe ihn von … na ja, ich habe ihn. Aber niemand wollte mir beibringen, wie man ihn richtig benutzt. Natürlich haben Jarnil und dein Großonkel Ebbitt mir ein paar Tricks gezeigt. Aber jetzt habe ich Lokar und sie will mir alles zeigen, wenn ich mich nur mit ihr unterhalte. Sie ist einsam in dem Stein. Da ist einfach nichts los. Man kann darin verrückt werden."

„Und das ist alles?", fragte Tal. Er konnte nicht glauben, dass es so einfach war. „Ich könnte dir alles beibringen, wenn du wolltest."

„Nein, das ist nicht alles!", rief Crow. „Wir haben eine

ganze Menge Sonnensteine versteckt und wenn wir erst einmal wissen, wie man damit umgeht, werden die Fatalisten zu uns stoßen. Wir werden die Sonnensteine dazu benutzen, die Geistschatten zu überwältigen, die die wichtigsten Erwählten beschützen, während sie in Aenir sind. Wenn wir die Körper einmal als Geiseln haben, können wir den Erwählten diktieren, was wir wollen."

„Aber was ist mit Sushin und dem Schleier?", fragte Tal. „Crow, unsere ganze *Welt* ist in Gefahr! Jetzt ist nicht der richtige Zeitpunkt, um uns gegenseitig zu bekämpfen."

„Es ist niemals der richtige Zeitpunkt, um auf die Erwählten zu hören", flüsterte Crow eher zu sich selbst. Sein Messer blitzte in seiner Hand auf und war nur einen Sekundenbruchteil später in der Luft und flog auf Tal zu.

Es blieb in einem Funkenregen hinter Tal in der Wand stecken.

Tal feuerte instinktiv einen Roten Strahl der Zerstörung ab.

Crow duckte sich weg, als der Strahl in den Stein über ihm einschlug und Steinsplitter fliegen ließ. Einer davon schnitt dem Jungen ins Gesicht und hinterließ eine Blutspur auf seiner Wange.

Crow schrie auf und sprang auf Tal zu. Im gleichen Augenblick sprang Adras vor. Er war nicht stark genug, um viel ausrichten zu können, streckte jedoch eines seiner wolkigen Beine aus und ließ Crow darüber stolpern.

Unglücklicherweise fiel er geradewegs in Tal. Die beiden Jungen rollten tretend und boxend auf dem Boden umher. Adras schaffte es, einen Schattenarm auszustrecken und ihn lange genug um Crows Hals zu legen, um ihn wegzuziehen. Als sie sich wieder trennten, schnappte Tal sich den Beutel, in dem der Schlüsselstein steckte.

Adras konnte Crow nicht länger festhalten. Er drückte den Geistschatten weg und holte sich sein Messer wieder.

Die beiden Jungen standen sich jetzt Auge in Auge gegenüber. Adras zog sich neben Tal zurück.

„Bring mich nicht dazu, dich noch mehr zu verletzen", sagte Crow. „Gib mir den Schlüsselstein."

„Nein", sagte Tal. Er hob seinen Sonnenstein, in dem jetzt orangefarbenes Licht wirbelte. Tal hatte einen anderen Plan. Seine Wut hatte sich abgekühlt. Er wollte Crow nicht töten. Er würde orangefarbenes Licht benutzen, um den Jungen wegzustoßen.

Crow hob sein Messer.

Tal bereitete sich auf einen heftigen Schlag vor.

Einen Moment lang bestand die leise Möglichkeit, dass beide Jungen nachgeben würden.

Dann hörte Tal Stimmen von der Treppe hinter Crow. Die Stimmen der Freivölkler. Crow musste für diesen Ort ein Treffen vereinbart haben. Er musste von Anfang an geplant haben, Tal in den Rücken zu fallen.

Tal ließ den orangefarbenen Strahl ab, geradewegs auf Crows Kopf zu.

Crow hörte ebenfalls die Stimmen, doch die einzige, die er erkannte, war die von Tals Großonkel Ebbitt. Ebbitt war ein erfahrener Erwählter und sein Geistschatten war groß und stark. Er würde Tals Partei ergreifen, wenn er herausfand, was wirklich vor sich ging.

Crow warf sein Messer.

• KAPITEL • VIERUNDDREISSIG

Clovil kam als Erster oben an. Ferek, Inkie und Ebbitt waren ihm dicht auf den Fersen. Ebbitt sah Crows Rücken und rief gerade seinen Namen in dem Moment, als der orangefarbene Lichtstrahl direkt über ihnen einschlug.

Der Strahl warf den Freivölkler-Jungen zurück, doch das war nicht alles. Er zerriss auch die Deckenstreben und den Türbalken. Fels splitterte und begann herunterzufallen – zuerst in kleinen Kieseln und dann als gewaltige Masse aus schweren Steinen.

Tal sah, wie alles geschah. Er sah, wie Crow gegen Clovil katapultiert wurde. Er sah den älteren Freivölkler in plötzlicher Angst nach oben blicken, als das Dach einstürzte, und er hörte seinen Großonkel überrascht aufschreien.

„Zurück! Lauft um euer Leben!“

Dann wurde die Treppe vollständig unter der Flut stürzender Felsen begraben. Ein riesiges Stück der Decke fiel geradewegs vor Tal herunter und zerplatzte in winzige Splitter, die ihn an den Händen und im Gesicht verletzten. Noch mehr Felsen stürzten herunter und Staub wurde in großen Wolken aufgewirbelt.

Trotz der Gefahr stürmte Tal nach vorn. Er konzentrierte sich auf seinen Sonnenstein, um eine Hand aus Licht zu schaffen, die das große Gewicht des Felsens heben konnte.

Doch als sich die Hand bildete, ertönte ein plötzliches, scharfes Pfeifen vor ihm. Tal duckte sich instinktiv, bevor eine gewaltige Dampfblase über seinem Kopf explodierte.

Das Dampfrohr war geplatzt! Es war die große Zentralröhre, die riesige Mengen an Dampf aus den Lava-Seen unter dem Schloss nach oben leitete.

Tal konzentrierte sich verzweifelt darauf, die Hand fertig zu stellen, bevor der superheiße Dampf seinen Weg durch die Risse in den Trümmern fand.

Das Pfeifen wurde immer lauter und schneidender, als der Dampf unter großem Druck einen Ausweg suchte. Die Hitze war unerträglich und Tal war gezwungen zurückzukriechen. Er verlor die Konzentration und der Anfang der Lichthand löste sich auf.

Vom Dampf zurückgedrängt, zog sich Tal in die Lagerkammer des Untervolks zurück. Er sah jetzt überhaupt nichts mehr. Der Raum vor ihm war voller Dampf und

Staub. Tief in dem eingestürzten Raum konnte Tal noch immer Felsen herabfallen hören. Ein Donnerschlag ließ den Boden erzittern.

„Hilfe!“, rief Tal. Es war ihm gleichgültig, wer kam. Jemand musste doch etwas unternehmen. „Hilfe!“

Er versuchte wieder, in den Raum einzudringen, wurde aber zurückgestoßen. Sogar am Rand war der Dampf unerträglich heiß. Weiter drinnen würde er ihm das Fleisch von den Knochen reißen.

Tal zog sich hustend zurück und rief noch einmal um Hilfe.

Doch es kam niemand. Alle Erwählten waren in Aenir und das Untervolk würde hier nicht auftauchen, bis sie sicher waren, dass es ihre Aufgabe war.

Tal konnte nichts unternehmen. Adras konnte nichts unternehmen.

Tal konnte nicht glauben, dass das geschehen war.

Er hatte Crow, Clovil, Ferek und Inkie wahrscheinlich *umgebracht*. Und Großonkel Ebbitt.

Alles in einer einzigen fatalen Sekunde.

Er hatte es nicht gewollt, doch es war geschehen. Selbst wenn sie sich vor den fallenden Felsen in Sicherheit gebracht hatten, konnten sie unmöglich die Dampfexplosion überlebt haben.

Adras zupfte an seinem Ärmel.

Tal sah zu Boden und bemerkte halb weggetreten, dass

sich Crows Messer in einer Stofffalte unter seinem Arm verfangen hatte. Es hatte die Haut nicht verletzt, aber Tals Herz um weniger als eine Handspanne verfehlt.

„Was tun wir jetzt?", fragte Adras mit einer dünnen Stimme, die nicht zu einem Sturmhirten zu gehören schien. „Ich wünschte Odris wäre hier."

Tal starrte von einer Seite zu anderen. Er konnte nicht klar denken. Er wusste nicht, was zu tun war.

Eine winzige Stimme aus dem Beutel, den er in der Faust hielt, erregte schließlich seine Aufmerksamkeit.

„Was ist denn los?"

Tal holte den Roten Schlüsselstein heraus und sah hinein. Eine Träne fiel auf den Stein. Tal wischte sie ab. Er hatte nicht bemerkt, dass er weinte.

„Was ist denn?", fragte Lokar. „Was ist los?"

„Crow ist tot", sagte Tal hölzern. Die anderen erwähnte er nicht.

„Mach dir darüber keine Gedanken", sagte Lokar. „Er war nur ein Untervölkler und ein Verrückter dazu. Du musst mich zur Imperatorin bringen. Das ist absolut wichtig. Es geht um Leben und Tod!"

„Leben und Tod", wiederholte Tal. Er hatte das Gefühl, jemand anderes würde mit seiner Stimme sprechen.

„Die einzige Frage ist, wie wir zu ihr kommen, ohne dem Dunklen Vizier zu begegnen", grübelte Lokar. „Tal – hörst du mir überhaupt zu?"

„Ja", murmelte Tal. Er konnte nicht mehr selbständig denken. Er war zu tief geschockt.

„Welches Datum haben wir heute? Sind wir in der Nähe eines Festivals oder einer anderen Veranstaltung, bei der die Imperatorin erscheinen würde?"

„Es ist Tag des Aufstiegs", sagte Tal. „Oder der Tag danach. Ich weiß es nicht ..."

„Aenir!", rief Lokar. „Die Imperatorin wird in Aenir sein. Du musst ich dorthin bringen, Tal!"

„Ich habe sie umgebra ...", begann Tal, doch Lokar unterbrach ihn.

„Aenir! Die Imperatorin. Sie wird Ordnung in das Ganze bringen. Sie kann Rerem befreien, indem sie den Violetten Schlüsselstein benutzt!"

Das erregte Tals Aufmerksamkeit. Seinen Vater befreien. Er musste mit seinem Vater über alles reden, was geschehen war.

„Aenir", murmelte er. Er musste einen sicheren Ort für seinen Körper finden, denn er konnte Adras nicht zur Bewachung zurücklassen. Adras konnte man mit dieser Aufgabe nicht betrauen.

„Das Mausoleum", flüsterte er. Er sah noch ein letztes Mal in die wirbelnde Masse aus Dampf und Staub. Schweiß, vermischt mit Tränen, tropfte von seinem Gesicht.

„Wir werden vom Mausoleum nach Aenir übertreten", beschloss er laut.

„Aenir?“, fragte Adras, als Tal wegzulaufen begann. Weg von dem furchtbaren Ort hinter ihm. „Was ist mit Odris und Milla?“

Tal gab keine Antwort. Er rannte weiter.

„Wir sollten warten“, sagte der Geistschatten. „Odris kommt mit Milla, ich fühle es.“

Tal hörte ihn nicht. Es gab nur einen Gedanken in seinem Kopf.

Er musste nach Aenir übertreten. Er musste das tun, was er schon die ganze Zeit vorgehabt hatte.

Der Imperatorin alles erzählen.

Dann wäre *alles* ihr Problem.

EPILOG

Drei Tage nach dem Felssturz im Schloss, aber weit unterhalb am Berg des Lichtes, beobachtete Milla Krallenhand, wie eine Seilbrücke über den Abgrund in der Straße geworfen wurde. Um sie herum waren mehr als vierzig Schildjungfrauen damit beschäftigt, Stützen einzuschlagen und Seile zu knüpfen. Auf der anderen Seite, dort, wo die Pyramide von Imrir stand, waren noch mehr bei derselben Arbeit. Andere standen mit Mottenlaternen da und beleuchteten die Arbeit. Oder sie schützten mit Speeren die Gruppe vor Perawls.

Zwei Schwert-Thanen standen unter dem Eingang zu den Heiztunnels und bewachten sie vor allem, was da von oben oder unten kommen mochte. Sie trugen große, aus Knochen gefertigte Bogen und Köcher voller Knochenpfeile mit Federn von Arug-Vögeln.

Malen, die Crone, stand bei den Schwert-Thanen und

sah mit ihren leuchtend blauen Augen in die Dunkelheit jenseits der Eiscarl-Laternen. Milla wusste nicht, wonach sie Ausschau hielt.

Vorausgesetzt die Cronen würden sie mit frischer Luft versorgen, würde bald ihre erste Vorhut die Reise durch die Heizungstunnels beginnen.

Und Milla würde sie führen.

GLOSSAR

Adras
Ein ➢Sturmhirte aus ➢Aenir, den Tal als ➢Geistschatten an sich band. Adras ist ein recht einfältiger Geistschatten, sodass seine enorme Kraft nicht immer eine Hilfe ist.

Aenir
Eine Geistwelt, in die die ➢Erwählten mit Hilfe von Lichtmagie eintreten können. In Aenir leben allerhand Kreaturen und Bestien. Die Erwählten dürfen Aenir offiziell nur am ➢Tag des Aufstiegs betreten, um Bestien zu fangen und als ➢Geistschatten mit zurück zu ihrem ➢Schloss zu nehmen.

Arla
Eine ➢Schildmutter, die mit einer Gruppe von ➢Schildjungfrauen im Dienst der obersten ➢Mutter-Crone der ➢Eiscarls steht. Sie fand ➢Milla und ➢Tal auf ihrem Weg über das Eis zum ➢Schloss und brachte sie zum ➢Ruinenschiff.

Arug
Ein Vogel, der in der ➢Dunkelwelt lebt und den die ➢Eiscarls wegen seiner Federn jagen.

Asteyr
Eine mythische Frau aus der Vergangenheit der ➢Eiscarls, die von den ➢Cronen angerufen wird, um ihnen bei wichtigen Entscheidungen zu helfen. Asteyr scheint vor vielen Jahrhunderten tatsächlich gelebt zu haben. Eigenartigerweise kommt ihr Name auch in einem wichtigen Zauberspruch der ➢Erwählten vor, der mit der Bindung von ➢Geistschatten in ➢Aenir zu tun hat.

Beastmaker
Ein altes Spiel der ➢Erwählten, bei dem zwei Spieler mit Hilfe von Spielkarten, die durch Licht verwandelt werden können, je eine kleine Bestie mit festgelegten Charaktereigenschaften bestimmen. Diese Bestien entstehen dann aus Licht – mit Hilfe des besonderen Tisches, auf dem das Spiel gespielt wird. Da die Kunst der Herstellung dieser Tische längst vergessen ist, existieren nicht mehr viele davon.

Belish
Ein Gewächs mit dicken, hohen Stelzenwurzeln, das in den untersten Ebenen des ➢Schlosses angebaut wird und das die ➢Erwählten als Gemüse verspeisen.

Bennem
Der ältere Bruder von ➢Crow.

Berg des Lichtes
So nennen die ➢Eiscarls den Berg, auf dem das ➢Schloss der Sieben Türme erbaut wurde.

Blauer Orden
➢Orden

Breg
Eine ➢Crone vom Clan des ➢Ruinenschiffs.

Brillanz
Einer der höchsten gesellschaftliche Ränge der ➢Erwählten.

Clir
Eine der vielen weiblichen Ahnen des ➢Eiscarl-Clans des ➢Ruinenschiffs.

Clovil
Ein ➢Freivölkler, der mit seinen Kameraden in den untersten Ebenen des ➢Schlosses lebt.

Clyo
Eine der vielen weiblichen Vorfahren von ➢Milla.

Crone
Die Vorsteherin eines Clans der ➢Eiscarls. Die Cronen haben seherische Eigenschaften, die sich auch sichtbar auswirken: Ihre Augen leuchten von innen heraus. Im Alter kann eine Crone zur ➢Mutter-Crone werden.

Crow
Ein abtrünniger ➢Untervölkler, der mit seinen Kameraden in den unteren Ebenen des Schlosses lebt. Sie nennen sich das ➢Freivolk. Crow rettete einst – eher unfreiwillig – ➢Tal und ➢Milla, als diese in den Heiztunnels des ➢Schlosses beinahe in giftigen Dämpfen erstickt wären.

Dämmerhaus
Ein Turm in ➢Aenir, der

aus einem riesigen Baumstumpf geschnitzt wurde. Mit dem leeren Dämmerhaus ist eine uralte Magie verbunden: Man kann hinein, aber nicht hinaus gehen.

Dalim
Eine ➢Crone vom Clan des ➢Ruinenschiffs.

Danir
Eine der drei Urahnen aller ➢Eiscarls: ➢Grettir, Danir und ➢Susir, die wiederum alle von ➢Asteyr abstammen. ➢Milla stammt aus Danirs Linie.

Dattu
Ein kleines, pelziges Nagetier, das in den Hügeln von ➢Aenir lebt.

Drenn
Ein ➢Untervölkler, der nach seiner Mitgliedschaft beim ➢Freivolk wieder den ➢Fatalisten beitrat.

Dretch
Ein weit verbreiteter Einwohner von ➢Aenir. Dretche, die acht Beine und Kugelaugen haben, sehen aus wie eine etwa 2 m hohe Mischung aus einem Stabinsekt und einer Spinne.

Dunkelwelt
So nennen die ➢Erwählten die Welt, deren Zentrum das ➢Schloss ist.

Dunkler Vizier
Ein hohes Amt bei den ➢Erwählten. Der Dunkle Vizier ist direkt der ➢Imperatorin unterstellt und ist für alle unliebsamen Dinge im ➢Schloss verantwortlich, wie etwa den ➢Saal

der Albträume. Die Person, die das Amt des Dunklen Viziers bekleidet, ist unbekannt; auch bei Audienzen gibt sie sich nicht zu erkennen. Neben dem Dunklen gibt es auch einen ➢Hellen Vizier.

Düsterer
Der niedrigste Rang bei den ➢Erwählten.

Ebbitt Nune-Taril
Der Großonkel von ➢Tal. Ebbitt war einst die große Hoffnung seiner Familie. Er hatte als ➢Schattenlord und ➢Hellblender des ➢Indigo-Ordens einen gesellschaftlich hohen Rang eingenommen, bis er vor langer Zeit nach einem unbekannten Ereignis zum ➢Düsteren des ➢Roten Ordens degradiert wurde. Ebbitt unterstützte ➢Tal und ➢Milla bei ihrer Flucht vor den Schergen ➢Sushins und versteckte sie in zwei Särgen im Mausoleum der ➢Erwählten, bevor er ihnen beim Eintritt nach ➢Aenir half.

Eiscarls
Ein nomadisierendes Volk, das durch die Eiswüsten außerhalb des ➢Schlosses in großen, auf Kufen gleitenden Segelschiffen reist. Die Eiscarls leben in Clans, wobei jedes Schiff einen Clan repräsentiert. Sie ernähren sich ausschließlich vom Fleisch der ➢Selski, deren endlosen Herden sie seit Generationen folgen.

Emor
Eine der vielen weiblichen Vorfahren von ➢Milla.

Erhabener Sonnenstein
➢Sonnenstein

Erwählte
Die Erwählten sind die Bewohner des ➢Schlosses. Sie sehen sich als Beherrscher ihrer Welt und regieren über das ➢Untervolk. Das Gesellschaftssystem der Erwählten besteht aus ➢Orden verschiedener Ranghöhen. An der Spitze der Erwählten steht die allein regierende ➢Imperatorin. Ziel aller Erwählten ist der Aufstieg zum nächst höheren Rang und irgendwann zum nächst höheren Orden. Dieser Aufstieg hängt von einer komplizierten Konstellation ab: Einerseits tragen ➢Wettkämpfe dazu bei, aber auch der Besitz eines entsprechend mächtigen ➢Sonnensteins und schließlich der erfolgreiche Gang im Alter von dreizehn dreiviertel Jahren in die Geistwelt ➢Aenir, wo jeder Erwählte einen ➢Geistschatten an sich binden muss. Erwählte werden in dem Glauben großgezogen, dass außerhalb des Schlosses nichts existiert.

Ethar
Ein weiblicher ➢Schattenlord des ➢Violetten Ordens. Ethar gehört zur Leibgarde der ➢Imperatorin der ➢Erwählten.

Far-Raider
Einer der vielen Clans der ➢Eiscarls.

Fashnek
Der Meister über den ➢Saal der Albträume.

Fashnek fehlt nach einem Unfall eine Seite seines Körpers. Er wird nur durch seinen ➢Geistschatten am Leben erhalten, der die fehlenden Körperteile ersetzt. Fashnek bietet einen solch schrecklichen Anblick, dass die ➢Erwählten ihn ächten. So fand er seinen Platz im Saal der Albträume.

Fatalisten

So nennt das ➢Freivolk die normalen ➢Untervölkler, die sich widerstandslos ihrem Schicksal fügen.

Ferek

Ein kleiner und sehr nervöser ➢Freivölkler-Junge, der einst einen Aufenthalt im ➢Saal der Albträume über sich ergehen lassen musste.

Flosser

Eine Fischart, die in den Teichen unter dem ➢Schloss gezüchtet und von den ➢Erwählten verspeist wird.

Freivolk

Eine Gruppe von abtrünnigen ➢Untervölklern, die sich nicht mehr ihrem Schicksal ergeben wollen, schweigende Diener der ➢Erwählten zu sein. Sie leben in den untersten Ebenen des ➢Schlosses.

Gargoyles

Steinfiguren, die das Äußere der sieben Türme des ➢Schlosses zieren. Die Legende besagt, dass Gargoyles zu Stein gewordene Wesen sind, die eines Tages wieder aufwachen.

Geistschatten
Geistschatten sind die lebendigen Schatten der verschiedenen Kreaturen von ➢Aenir. Die ➢Erwählten binden sie an sich, nehmen sie mit ins ➢Schloss und nutzen sie fortan zu ihrem Schutz. Geistschatten können bis auf wenige Ausnahmen nicht ohne ihre Herren operieren. Außerdem sprechen sie im Allgemeinen nur, wenn sie mit ihren Herren allein sind. Im Gegensatz zu ihren jüngeren Vorgängern, den ➢Schattenwächtern, können Geistschatten nicht ihre Form wechseln – sie können nur ihre Größe verändern.

Gelber Orden
➢Orden

Gelbschuppe
Ein Fisch, der in Teichen unter dem ➢Schloss gezüchtet und von den ➢Erwählten verspeist wird.

Ghalt
Ein geschmolzenes Gestein, von dem es in den südlichen Bergen der ➢Dunkelwelt viele brodelnde Becken gibt. Die Vorfahren der ➢Erwählten benutzten Ghalt zum Straßenbau, da es nach dem Erkalten eine extrem feste Kruste bildet.

Gill
Ein ➢Freivölkler-Mädchen, das mit seinen Kameraden in den untersten Ebenen des ➢Schlosses lebt.

Gleichgestellte des Lichts
Eine Gruppe von ➢Er-

wählten, die für eine Gleichstellung des ➢Untervolks mit den Erwählten eintreten. Sie schlagen vor, dass auch Untervölkler in die ➢Orden aufgenommen werden dürfen, wenn sie sich bei entsprechenden Prüfungen würdig erweisen.

Graile

➢Tals Mutter. Sie ist schwer krank und nur ein mächtiger ➢Sonnenstein kann ihr noch helfen.

Gref

➢Tals jüngerer, neun Jahre alter Bruder. Gref, der Tal unbedingt bei der Suche nach einem neuen ➢Sonnenstein helfen wollte, wurde von einem unbekannten ➢Geistschatten entführt, der in ➢Sushins Diensten steht. Tal konnte Gref zwar finden, musste ihn aber in Sushins Händen zurücklassen.

Grettir

Eine der drei Urahnen aller ➢Eiscarls: Grettir, ➢Danir und ➢Susir, die wiederum alle von ➢Asteyr abstammen.

Grüner Orden

➢Orden

Halbheller

Der zweitniedrigste Rang eines ➢Erwählten innerhalb eines ➢Ordens.

Halla

Eine der vielen weiblichen Ahnen des ➢Eiscarl-Clans des ➢Ruinenschiffs und Mutter der ➢Schildmutter ➢Arla.

Hellblender
Der zweithöchste gesellschaftliche Rang bei den ➢Erwählten.

Heller Vizier
Ein hohes Amt bei den ➢Erwählten. Der Helle Vizier ist direkt der ➢Imperatorin unterstellt und ist für alle erfreulichen Dinge im ➢Schloss verantwortlich, wie zum Beispiel Feste und Versammlungen. Neben dem Hellen gibt es auch einen ➢Dunklen Vizier.

Hellstern
Der höchste gesellschaftliche Rang bei den ➢Erwählten.

Höhlenschabe
Ein Insekt, das in Mauerspalten und Höhlen des ➢Schlosses lebt.

Hrigga-Hügel
Ein Hügel in ➢Aenir, an den durch einen uralten Zauberspruch die beiden ➢Sturmhirten ➢Odris und ➢Adras gebunden waren.

Imperatorin Kathild
Die allein regierende Herrscherin der ➢Erwählten.

Imperiale Garde
Die Leibgarde der ➢Imperatorin der ➢Erwählten. Die Mitglieder der Imperialen Garde gehören dem ➢Violetten Orden an.

Indigo-Orden
➢Orden

Inkie
Ein kräftig gebautes ➢Freivölkler-Mädchen, das immerzu schweigt.

Jarnil Yannow-Kyr
Ein ehemaliger Lektor der ➢Erwählten, der seit Jahren als tot gilt. Jarnil ist heute Anführer des ➢Freivolks.

Jerrel
Eine ➢Crone vom Clan des ➢Ruinenschiffs.

Kallim
Eine ➢Crone vom Clan des ➢Ruinenschiffs.

Kimerl
Ein Geschichtsautor der ➢Erwählten, dessen Werke zum Teil angezweifelt werden und sogar verboten sind.

Klenten-Kampfbestie
Eine Bestie aus ➢Aenir mit breiten Schultern und einem massiven Kopf, auf dem dicke, hervorstehende Knochenplatten sitzen. Die Klenten-Kampfbestie geht manchmal auf zwei, manchmal auf vier Beinen.

Kodex
Auch Kodex aller Dinge genannt. Es handelt sich um ein geheimnisvolles Objekt aus Kristall, in dem die Namen aller ➢Erwählten, aller ➢Geistschatten und ➢Schattenwächter aufgezeichnet sind. Der Kodex war zwanzig Jahre lang verschollen, bis er von ➢Tal und ➢Milla aus ➢Aenir ins ➢Schloss zurückgebracht wurde.

Korvim
Ein ➢Untervölkler, der nach seiner Mitgliedschaft beim ➢Freivolk wieder den so genannten ➢Fatalisten beitrat.

Kralle von Danir
Künstlicher Fingernagel aus Kristall; ein Exemplar von zweien, die vor langer Zeit für ➢Danir angefertigt wurden. Eine der Krallen gab sie weg, die andere behielt sie selbst. Beide Krallen sind seit langem verschollen.

Kristallwald
Ein Wald aus kristallenen Bäumen im ➢Schloss. Der Kristallwald kann Töne und Bilder erzeugen, wenn er mit Licht aus ➢Sonnensteinen bestrahlt wird. Der Wald wurde vor langer Zeit erbaut, das Geheimnis seiner Konstruktion ist längst vergessen.

Kurshken
Eine kleine, sehr flinke und schlaue Echse aus ➢Aenir.

Kusi
➢Tals drei Jahre alte Schwester.

Lebendes Meer
So nennen die ➢Eiscarls die riesigen Mengen an ➢Selski, die in beinahe ununterbrochenen Herden auf dem Eis ihre kreisförmigen Bahnen ziehen.

Lektorium
Die Schule der ➢Erwählten. Dort unterrichten die so genannten Lektoren in Fächern wie Lichtmagie, Geschichte und Musik.

Lemel
Eine ➢Crone vom Clan des ➢Ruinenschiffs.

Libbe
Eine ➢Crone vom Clan des ➢Ruinenschiffs.

Lichtbringer
Ein Titel bei den ➢Erwählten, der bei der Geburt aufgrund des Familienstatus vergeben wird. Er ist Voraussetzung für das Erlangen des Ranges des ➢Schattenmeisters.

Linel
Ein ➢Untervölkler, der nach seiner Mitgliedschaft beim ➢Freivolk wieder den so genannten ➢Fatalisten beitrat.

Lokar
Eine ➢Erwählte des Roten ➢Ordens und Kusine von ➢Jarnil Yannow-Kyr. Lokar verschwand ungefähr ein Jahr vor ➢Tals Vater ➢Rerem und bewacht ebenso wie er einen ➢Schlüsselstein.

Lowock
Ein kleines, harmloses Tier aus ➢Aenir.

Luen
Eine der vielen weiblichen Ahnen des ➢Eiscarl-Clans des ➢Ruinenschiffs.

Lufttang
Eine Art von Seetang, der in den großen Teichen unterhalb des ➢Schlosses wächst. Seinen Namen erhielt er von den blasenartigen Blättern, in die Luft eingeschlossen ist. Die ➢Freivölkler benutzen den Lufttang als Atemhilfe für Tauchgänge und in verpesteter Luft.

Lumenor
Ein hoher gesellschaftlicher Rang bei den ➢Erwählten. Lumenore müssen

über schwere Bestrafungen entscheiden, wie zum Beispiel Aufenthalte im ➢Saal der Albträume.

Malen
Die jüngste aller ➢Cronen der ➢Eiscarls.

Mercur
Der Vorgänger der ➢Imperatorin Kathild. Um seinen Tod ranken sich viele Gerüchte, da er vor seinem Begräbnis entgegen der Regeln der ➢Erwählten nicht aufgebahrt wurde. Es wird erzählt, dass er ermordet wurde.

Merwin
Eine ungefähr 10 m lange, kräftige Bestie, die auf dem ewigen Eis außerhalb des ➢Schlosses lebt. Ein Merwin hat ein einzelnes, leuchtendes Horn zwischen den Augen und mit Klauen besetzte Flossen, mit denen es sich auf dem Eis gleitend voranbewegt. Merwin gelten bei den ➢Eiscarls als sehr gefährlich. Sie fertigen ihre Schwerter aus Merwin-Hörnern.

Milla
Ein ➢Eiscarl-Mädchen vom Clan der ➢Far-Raider. Milla möchte unbedingt eine ➢Schildjungfrau werden. Sie wurde von der ➢Crone ihres Clans gemeinsam mit ➢Tal, den sie ursprünglich töten wollte, auf die gefährliche Reise zurück zum ➢Schloss geschickt, um für ihren Clan einen ➢Sonnenstein zu besorgen. Unterwegs wurde sie von einem ➢Merwin schwer verletzt und konnte

in letzter Sekunde durch Hilfe von Tals ➢Schattenwächter gerettet werden. Nach einem Aufenthalt im ➢Ruinenschiff folgte sie Tal in das Schloss, wo sie von der ➢Imperialen Garde gefangen und in den ➢Saal der Albträume gebracht wurde, gegen dessen Schrecken sie aber immun zu sein scheint. Sie stimmte nach ihrer Befreiung durch Tal und ➢Ebbitt schließlich widerstrebend zu, mit Tal nach ➢Aenir zu gehen, um ihm dort bei der Suche nach dem ➢Kodex zu helfen. Dort band Tal ohne ihr Einverständnis den Sturmhirten ➢Odris als ➢Geistschatten an sie, was für Milla das Ende ihres Lebens als Eiscarl bedeutet, da Geistschatten bei ihrem Volk als abscheulicher Frevel gelten. Seit ihrer Rückkehr von Aenir plant Milla nur noch, den Cronen von ihren Erlebnissen zu berichten und danach Selbstmord auf dem Eis zu begehen.

Mutter-Crone
Die höchsten Führerinnen bei den ➢Eiscarls. Die Mutter-Cronen haben stark ausgeprägte seherische Fähigkeiten, obwohl eines ihrer Erkennungszeichen ihre erblindeten Augen sind.

Nuthe
Eine der vielen weiblichen Ahnen des ➢Eiscarl-Clans des ➢Ruinenschiffs.

Odris
Ein weiblicher ➢Sturmhirte aus ➢Aenir, den ➢Tal als ➢Geistschatten ohne

deren Einverständnis an ➢Milla band. Odris ist die recht schlaue Begleiterin von ➢Adras.

Orden

Die ➢Erwählten des ➢Schlosses teilen sich in sieben verschiedene Orden auf, die ihre Namen nach den Farben ihrer ➢Sonnensteine haben: Rot, Orange, Grün, Gelb, Blau, Indigo und Violett. Die Orden repräsentieren verschiedene gesellschaftliche Ränge, wobei Rot der niedrigste und Violett der höchste ist. Innerhalb der Orden herrscht wiederum ein kompliziertes System von Rängen und Titeln. Beginnend mit dem niedrigsten sind dies: ➢Düsterer, ➢Halbheller, ➢Scheinender, ➢Lumenor, ➢Brillanz, ➢Hellblender und ➢Hellstern. Außerdem gibt es noch verschiedene Titel, die bei den Aufstiegsmöglichkeiten ebenfalls eine Rolle spielen: ➢Lichtbringer, ➢Schattenmeister und ➢Schattenlord. Ein Aufstieg in den nächst höheren Orden ist durch Verbesserung des eigenen Ranges möglich. Jeder Orden hat seinen Platz im Schloss, zu dem auch einer der Sieben Türme gehört.

Orskir

Eine kleinere Sorte von ➢Eiscarl-Schiffen, die man oft im Besitz von ➢Schwert-Thanen findet.

Perawl

Eine geflügelte Bestie mit riesigen, leuchtenden Augen und einer Flügelspannweite von zirka 2 m. Perawls leben in der ➢Dunkelwelt und sind gefährliche Jäger.

Pyramide von Imrir
Eine uralte Pyramide aus Kristall, die vermutlich von den Vorfahren der heutigen ➢Erwählten am Fuße des ➢Berges des Lichtes erbaut wurde. Die Pyramide steht heute nach einem Erdrutsch schräg.

Ramellan
Ein ➢Erwählter, der vor vielen Jahrhunderten zur gleichen Zeit wie ➢Asteyr lebte und anscheinend eine führende Rolle in einem Krieg innehatte.

Rauchender Berg
Ein ➢Vulkan in der ➢Dunkelwelt, in dessen Umgebung das Eis teilweise geschmolzen ist. Die ➢Eiscarls schwimmen in diesen Seen.

Reckoner
Ein ungefähr 30 x 40 m großes Feld in einem der größeren Räume des ➢Ruinenschiffs. Es besteht aus vielen kleinen ‚Kacheln' von etwa 30 x 30 cm Größe, die wiederum mit leuchtenden Symbolen eingefasst sind. Der Reckoner, der von einer Gruppe ➢Cronen und ➢Schildjungfrauen-Kadettinnen betreut wird, ist eine symbolhafte Darstellung der ➢Dunkelwelt. Mit seiner Hilfe – und der Hilfe ihrer seherischen Fähigkeiten – verfolgen die Cronen ständig, wo sich alle Schiffe der ➢Eiscarls aufhalten, in

welchem Zustand das Eis ist usw.

Rerem Abbitt-Erem
➢Tals Vater, der seit einer Mission für die ➢Imperatorin der ➢Erwählten vermisst wird. Es wird erzählt, dass Rerem tot sei, was Tal aber nicht glauben will. Da Rerem alle mächtigen ➢Sonnensteine bei sich trägt, ist seine Familie in großer Not. Vom ➢Kodex erfuhr Tal jüngst, dass sein Vater anscheinend eine Rolle im Zusammenhang mit den ➢Schlüsselsteinen der Sieben Türme spielt.

Rohen
Eine der vielen weiblichen Vorfahren von ➢Milla.

Roter Orden
➢Orden

Rovkir
Der Name von Atementspannungsübungen der ➢Eiscarls. Es gibt zehn dieser Atemmuster.

Rucia
Eine der vielen weiblichen Ahnen des ➢Eiscarl-Clans des ➢Ruinenschiffs.

Ruinenschiff
Ein Schiff, das von den Vorfahren der ➢Eiscarls erbaut wurde und jetzt abgewrackt am Fuße des ➢Berges des Lichtes steht. Das Ruinenschiff ist das größte Bauwerk, das die Eiscarls besitzen; es ist über und über mit leuchtenden Flechten und Moosen bewachsen und dient den ➢Schildjungfrauen als Hauptquartier.

Saal der Albträume
Ein Ort der Bestrafung im ➢Schloss. Je nach Vergehen kann ein ➢Erwählter zu einem Aufenthalt im Saal der Albträume verurteilt oder dort befragt werden, falls er nicht geständig ist. Dort wird der Gefangene in einer Kristallkugel festgehalten, wo ihm mit Hilfe von ➢Sonnensteinen Albträume verursacht werden, aus denen er nicht aus eigenem Willen aufwachen kann.

Schattenlord
Ein Titel, den nur die höchsten der ➢Erwählten erlangen können, die durch ihren Rang bewiesen haben, dieses Titels würdig zu sein.

Schattenmeister
➢Erwählte, die sich durch ihre Beherrschung mächtiger ➢Geistschatten würdig erweisen, können den Titel des Schattenmeisters erlangen. Bedingung dafür ist auch der durch Geburtsrecht erlangte Titel des ➢Lichtbringers.

Schattenwächter
Ein Wesen aus der Geistwelt ➢Aenir, das an einen ➢Erwählten bei dessen Geburt gebunden wird, dessen natürlichen Schatten ersetzt und ihn beschützt. Der Schattenwächter kann seine Form ändern und bis zu einem geringen Grad auch unabhängig von seinem Herrn agieren. Ein Schattenwächter wird freigelassen, wenn sein Meister am ➢Tag des Aufstiegs in ➢Aenir einen ➢Geistschatten an sich bindet.

Scheinender
Einer der höheren gesellschaftlichen Ränge bei den ➢Erwählten.

Schildjungfrauen
Eine kriegerische Schwesternschaft der ➢Eiscarls, die der obersten ➢Mutter-Crone untersteht. Die Schildjungfrauen unterziehen sich vor ihrer Aufnahme in die Schwesternschaft einer Vielzahl von Prüfungen unter der Schirmherrschaft der ➢Crone ihres Clans. Schildjungfrauen dienen dem Wohl aller Eiscarls, indem sie ihr Volk beschützen. Eine Schildjungfrau kann – je nach Fähigkeiten – später eine Crone werden.

Schildmutter
Eine Anführerin bei den ➢Schildjungfrauen der ➢Eiscarls. Schildmütter führen oft die Patrouillen an, bei denen die Schildjungfrauen auf dem Eis umherziehen, um nach dem Rechten zu sehen.

Schleier
Der Schleier liegt über der gesamten Welt, deren Zentrum das ➢Schloss ist, und hüllt diese Welt in Dunkelheit. Legenden der ➢Eiscarls besagen, dass der Schleier von ihren Vorfahren geschaffen wurde, um sie vor rebellierenden Schatten zu bewahren. Die Geschichte der ➢Erwählten hingegen erzählt, dass der Schleier zum Schutz vor der Sonne geschaffen wurde. Nur die sieben Türme des Schlosses ragen bis über den Schleier. Dort

oben werden die ➢Sonnensteine aufgeladen.

Schloss
Das Schloss, in dem die ➢Erwählten leben und ihre Diener, das ➢Untervolk, befindet sich im Mittelpunkt der so genannten ➢Dunkelwelt, in der laut Geschichte der Erwählten nichts anderes existiert. Das riesige Bauwerk hat sieben Türme, insgesamt sechsundfünfzig Ebenen und ist Heimat der sieben ➢Orden der Erwählten. Jeder Orden nimmt sieben Ebenen und einen Turm im Schloss ein, wobei gemäß der Rangfolge der Orden die roten Ebenen die untersten und die violetten Ebenen die höchsten sind. Unterhalb der roten Ebenen gibt es noch sieben weitere, die vom Untervolk bewohnt werden. Das Schloss wird durch Dampftunnels beheizt, die ihre Hitze von Lavaseen in Höhlen tief unter seinem Sockel beziehen. Nur die sieben Türme des Schlosses durchstoßen den ewig dunklen ➢Schleier.

Schlüsselstein
Ein geheimnisvolles Steinartefakt, über das nur wenige ➢Erwählte Bescheid wissen.

Schmiedeland
Eine riesige Höhle unterhalb des ➢Schlosses, in der es große Becken aus geschmolzenem Kristall gibt. Der glühende Kristall, der sich in regelmäßigen Abständen wie bei Ebbe und Flut in Richtung der Höh-

lenwände zurückzieht, wird von Arbeitern des ➢Untervolks abgeschöpft und in Gussformen zu Tellern und ähnlichen Gebrauchsgegenständen für die ➢Erwählten weiterverarbeitet. Den einzigen Schutz gegen den glühenden Kristall bilden spezielle Anzüge und Sonnensteine an der Höhlendecke, deren Strahlen den Kristall von ein paar Stellen am Boden abhalten.

Schwert-Thane
Ein allein umherziehender Krieger der ➢Eiscarls. Schwert-Thanen können ihre Dienste einzelnen Clans anbieten, was allerdings unüblich ist, da die meisten Clans eine ➢Crone als Schutzmacht haben. Schwert-Thanen sind selten anzutreffen und manche Eiscarls glauben, dass sie nur in der Legende existieren.

Selski
Selski sind riesige Tiere von vielleicht 50 m Länge, die im ewigen Eis außerhalb des ➢Schlosses leben. Selski bewegen sich fort, indem sie sich auf ihre Flossen stützen, sich vorwärts ziehen und wieder fallen lassen, was bei ihrer Größe ein beeindruckender Vorgang ist. Selski, die in riesigen, fast unüberschaubaren Herden leben, sind in ständiger Bewegung. Sie sind Lieferanten für beinahe alles, was die ➢Eiscarls zum Leben benötigen: Fleisch, Öl, Leder und Knochen.

Slepenish
Kleine, dünne Wasserbe-

wohner, die unter dem Eis außerhalb des ➢Schlosses leben und sich durch das Eis bohren. Sie sind die bevorzugte Nahrung der ➢Selksi.

Sonnenstein
Sonnensteine sind Steine verschiedenster Größe, die die Energie der Sonne aufnehmen und speichern können. Je energiereicher sie sind, desto mehr Kraft besitzen sie und so ist ein mächtiger Sonnenstein nicht umsonst ein Statussymbol bei den ➢Erwählten. Ab einer gewissen Kraft gilt ein Sonnenstein als Erhabener Sonnenstein. Nur ➢Erwählte, die einen Erhabenen Sonnenstein besitzen, dürfen ➢Aenir offiziell am ➢Tag des Aufstiegs betreten. Die Sonnensteine, die in Körben an den Türmen des ➢Schlosses oberhalb des ➢Schleiers in der Sonne reifen, dienen überall als Wärme- und Lichtspender, als Zeitmesser sowie für geübte Erwählte als Quelle allerhand magischer Kräfte. Es wird behauptet, dass die Sonnensteine aus Samen wachsen, die aus Aenir stammen. Außerdem glauben manche alte Erwählte zu wissen, dass man Sonnensteine einst auch herstellen konnte.

Spanne
Die einzige Maßeinheit der ➢Erwählten. Eine Spanne entspricht ungefähr dem Abstand zwischen Schulter und Ellbogen bei einem erwachsenen Erwählten.

Sturmhirten
Zwei riesenhafte Gestalten aus der Geistwelt ➢Aenir, die aus Wolken bestehen. Ihre Augen sind helle Flecken aus Blitzen.

Sushin
Ein ➢Schattenmeister und ➢Hellstern des ➢Orange-Ordens. Sushin scheint etwas gegen ➢Tals Familie und starke Verbündete innerhalb des ➢Schlosses zu haben, denn er setzt alles daran, um Tal und seiner Familie zu schaden. Sushin ist wohl mächtiger, als allgemein angenommen, denn er stieg erst kürzlich zum hohen Rang des Hilfs-➢Lumenors auf und hat einen neuen Geistschatten, was eigentlich gegen die Gesetze der Erwählten ist. Als ➢Milla Sushin mit ihrem leuchtenden Schwert aus ➢Merwin-Horn verletzte, verursachte sie in seiner Brust nur ein dunkles Schattenloch – Sushin scheint demnach einen Geistschatten zu beherbergen. Er lässt Tal und Milla nach deren erneuter Flucht durch die ➢Imperiale Garde suchen.

Susir
Eine der drei Urahnen aller ➢Eiscarls: ➢Grettir, ➢Danir und Susir, die wiederum alle von ➢Asteyr abstammen.

Tag des Aufstiegs
Am Tag des Aufstiegs dürfen die ➢Erwählten die Geistwelt ➢Aenir betreten. Dabei versuchen alle, die dreizehn dreiviertel

Jahre alt sind, einen ➢Geistschatten an sich zu binden. Je mächtiger der Geistschatten ist, desto größer sind die Chancen für den Erwählten, im gesellschaftlichen Rang des ➢Schlosses und der ➢Orden aufzusteigen. Nur Erwählte, die einen ➢Erhabenen Sonnenstein besitzen, dürfen ➢Aenir am Tag des Aufstiegs betreten.

Tal Graile-Rerem
Tal ist ein vierzehn Jahre alter ➢Erwählter des ➢Orange-Ordens. Sein Vater ➢Rerem verschwand erst kürzlich bei einer Mission für die ➢Imperatorin des ➢Schlosses und seine Mutter ist schwer krank. Um seiner Familie zu helfen, versuchte er, einen ➢Erhabenen Sonnenstein zu finden. Bei dem verzweifelten Unternehmen, auf dem Roten Turm einen Sonnenstein zu stehlen, stürzte er ab und landete weit entfernt vom Schloss in der eisigen ➢Dunkelwelt. Dort stieß er auf die misstrauischen ➢Eiscarls, die ihn nur unter einer Bedingung am Leben ließen: Er sollte sich gemeinsam mit ➢Milla auf die gefährliche Reise zurück zum Schloss machen, um auch für die Eiscarls einen Sonnenstein zu beschaffen. Tal wurde nach seiner Rückkehr zusammen mit Milla verhaftet und vom ➢Schattenmeister ➢Sushin in eine Grube gesperrt, um verhört zu werden. Nach seiner Flucht unter Hilfe seines Großonkels

➢Ebbitt beschloss Tal, nach ➢Aenir zu gehen, um dort den ➢Kodex der Erwählten zu finden, der allwissend zu sein scheint und daher auch die Lösung für Tals Schwierigkeiten kennen könnte. Nachdem Tal und Milla ihre Körper in zwei Särgen im Mausoleum der Erwählten versteckt hatten, traten sie nach Aenir über. Dort band Tal zwei ➢Sturmhirten als Geistschatten an sich und Milla und schaffte es gemeinsam mit ihr, den Kodex zurück zum Schloss zu bringen.

Thrall
Das ➢Eiscarl-Wort für Sklave.

Umrundung
Die längste Zeiteinheit der ➢Eiscarls. Eine Umrundung ist die Zeitspanne, die die ➢Selski benötigen, um einmal ihren kreisförmigen Pfad zu vollenden.

Untervolk
Die Mitglieder des Untervolks, umgangssprachlich auch Untervölkler genannt, haben im Gegensatz zu den ➢Erwählten nur natürliche Schatten und dienen den Erwählten als rechtlose Sklaven. Sie kochen, waschen, bauen Pflanzen an und erledigen alle niederen Arbeiten.

Ursek
Ein Tier mit silbernem Fell, das auf dem Eis der ➢Dunkelwelt lebt. Die ➢Eiscarls jagen es und machen unter anderem kostbare Kleider aus seinem Fell.

Vergessen
Etwas, das vor vielen hundert Jahren durch die gemeinsamen Urahnen der ➢Erwählten und der ➢Eiscarls in ➢Aenir stattfand. Dadurch vergaßen alle Einwohner von Aenir sämtliches Wissen über bestimmte Geschehnisse.

Verrin
Ein ➢Schattenlord der ➢Erwählten, der vor zweiundzwanzig Jahren spurlos verschwand.

Violetter Orden
➢Orden

Wahl der Wege
So nennen die ➢Eiscarls den Ohnmachtszustand, in dem sich jemand befindet, der um sein Leben ringt.

Wasserspinnen
Eine etwa fußballgroße Spinnenart, die vor langer Zeit von den ➢Erwählten geschaffen wurde, um den Müll zu fressen, der in die Wasserkanäle unterhalb der Ebene Rot Sieben im ➢Schloss gerät. Die Wasserspinnen können sich auf und unter Wasser, aber auch an Land bewegen. Sie haben Facettenaugen und Fänge, mit denen sie ein lähmendes Gift in ihr Opfer injizieren können.

Werfer
Ein ➢Untervölkler, der im ➢Schmiedeland in einem Schutzanzug Kristall schöpft. Er gehört zu den ➢Fatalisten und erhielt seinen Namen, weil er alle Störenfriede mit flüssigem Kristall bewirft.

Wespenwyrm
Eine Kreatur aus ➢Aenir. Wespenwyrms sind lang, schlangenartig und haben lange, dünne Flügel. Sie sind hellorange mit schwarzen Streifen und besitzen einen Giftstachel, aus dem sie auch Säure verspritzen können. Normalerweise sind Wespenwyrms etwa handgroß, doch es scheint auch riesengroße Exemplare zu geben.

Wettkämpfe
Wettkämpfe sind Prüfungen in bestimmten Disziplinen, denen sich ➢Erwählte jeden Alters freiwillig unterziehen. Je nach Erfolg tragen die Ergebnisse, ermittelt von hochrangigen Erwählten, zum gesellschaftlichen Aufstieg bei. Es gibt Wettkämpfe in den Disziplinen Musik, Erleuchtung, Nahkampf, Körperbeherrschung oder Heilung.

Wreska
Vierbeinige Tiere mit einem verästelten Geweih, die die ➢Eiscarls zum Ziehen ihrer Schlitten einsetzen.

Ylse
Eine der vielen weiblichen Vorfahren von ➢Milla.

Zicka
Ein ➢Kurshken aus ➢Aenir, das mit richtigem Namen Quorr Quorr Quorr Ahhtorn Sezicka heißt. Zicka half ➢Milla und ➢Tal aus dem ➢Dämmerhaus und bei der Suche nach dem ➢Kodex.

ÜBER DEN AUTOR

Garth Nix wurde 1963 geboren und wuchs in Canberra, Australien, auf. Sein Roman „Sabriel“ wurde mit dem Aurealis Award of Excellence für australische Science Fiction ausgezeichnet. Sein Roman „Shade's Children“ wurde von der ALA (American Library Association) als Bestes Buch für Junge Leser gekürt und erhielt von der ABA (American Booksellers Association) eine Kaufempfehlung. Garth Nix ist außerdem Autor von „The Ragwitch“ und der demnächst erscheinenden Kurzgeschichte „Lirael: Daughter of Clayr“. Er lebt zurzeit in Sydney, Australien.

STELL DIR EINE WELT VOR,
IN DER DU NIE DIE SONNE SIEHST.
GARTH NIX'
DER SIEBTE TURM™
Die neue Fantasy-Buchreihe aus der Star Wars Schmiede Lucasfilm Ltd.
Band 4:
Jenseits der Grenze
ISBN 3-89748-405-6 • € 8,95 (D)
Der Siebte Turm Band 5: Die Schlacht beginnt – ab 31. Mai erhältlich.
Band 1:
Sturz in die Dunkelheit
ISBN: 3-89748-402-1
Band 2:
Mauern des Todes
ISBN: 3-89748-403-x
Band 3:
Aenir – Reich der Schatten
ISBN: 3-89748-404-8
ENTDECKE DAS LICHT.
Dino
www.DinoAG.de
www.theseventhtower.com
LUCAS BOOKS
© 2002 Lucasfilm Ltd. & ™. All rights reserved.

STAR WARS™
DIE COMICSERIE
LUCAS BOOKS
MIT GROSSEM MAGAZINTEIL
UND GEWINNSPIEL AM KIOSK
SONDERBÄNDE IM BUCHHANDEL
Dino entertainment
www.dinocomics.de
© 2001 Lucasfilm Ltd. & ™. All rights reserved. Used under authorization.